S. FISCHER

MARION BRASCH

Lieber woanders

Roman

S. FISCHER

Erschienen bei S. FISCHER

© 2019 S. Fischer Verlag GmbH, Hedderichstr. 114,
D-60596 Frankfurt am Main

Satz: Dörlemann Satz, Lemförde
Druck und Bindung: CPI books GmbH, Leck
Printed in Germany
ISBN 978-3-10-397413-3

»*Zufall? Schicksal? Oder einfach Mathematik, eine praktische Illustration der Wahrscheinlichkeitstheorie.*«

Paul Auster

»*So ist das Leben.*«

Anonym

Der Plan ist ganz einfach: Da sind zwei Leute an verschiedenen Orten. In den nächsten vierundzwanzig Stunden werden sie sich aufeinander zubewegen, ob sie wollen oder nicht. Wobei das mit dem Wollen natürlich Quatsch ist, denn die beiden wissen ja nicht, dass sie sich begegnen werden. Und sie haben auch keine Ahnung, dass es nicht das erste Mal sein wird. Das wissen zum jetzigen Zeitpunkt nur Sie und ich. Wobei der jetzige Zeitpunkt für Sie zum jetzigen Zeitpunkt natürlich ein ganz anderer sein wird als für mich zum jetzigen Zeitpunkt.

Vielleicht wird Ihnen das eine oder andere bekannt vorkommen, vielleicht werden Sie Charakteren begegnen, die Sie schon mal anderswo getroffen haben. Doch lassen Sie sich nicht täuschen, manchmal spielt uns die Erinnerung einen Streich, schlägt uns ein Schnippchen, gaukelt uns etwas vor. Das ist in den echten Geschichten genauso wie in den erfundenen. Und diese hier ist eine echte erfundene. Sie beginnt an einem Freitag im Oktober. Ein für die Jahreszeit ungewöhnlich warmer Tag, die Sonne scheint, 24 Grad im Schatten. Es ist 16.47 Uhr.

Toni sitzt auf ihrem alten Moped und fährt die Landstraße entlang. Langsamer als sonst, um den gutmü-
tigen Fahrtwind und die vielleicht letzten warmen Sonnenstrahlen auszukosten. Es geht ihr gut. Hinter der
Bushaltestelle des Dorfes lungern wie immer ein paar
halbwüchsige Jungs herum, rauchen und kicken gelangweilt eine leere Dose hin und her. Der Kräftigste
unter ihnen ist der Anführer der Clique und rempelt
die anderen immer weg. Vermutlich würde er auch als
Erwachsener mal ein übler Rempler werden. Aus Arsch-
lochkindern werden Arschlocherwachsene, denkt Toni,
biegt hinter der Bushaltestelle in eine kleine Straße
ein, fährt an der alten Schule vorbei und stellt das
Moped vor ihrem Wohnwagen ab. Sie holt sich eine
kalte Cola von drinnen und geht nach hinten in den
Garten, in dem alles wächst, was sie braucht. Sie wäs-
sert die Beete mit dem Schlauch und legt sich in die
Hängematte, die zwischen zwei Bäumen gespannt ist.
Hier lebt sie jetzt schon seit sechs Jahren, und sie lebt
gern hier. Den Wohnwagen hat ihr Karl überlassen.
Ihr großer ferner Freund Karl, der sie damals vor dem

Ertrinken gerettet hat, als sie weit weg vom Ufer auf hoher See verlorengegangen war. Bildlich gesprochen. Denn sie war noch nie auf hoher See, hat es bis jetzt nur einmal in die große Stadt geschafft. Aber das ist eine andere Geschichte und lange her. Toni schaukelt in der Hängematte und döst.

*

Alex schleppt eine Verstärkerbox in den Saal, in dem die Band heute spielen wird. Er wäre jetzt lieber woanders. Bei der Frau, bei der er heute früh noch war und die nicht seine Frau und nicht die Mutter seiner Tochter ist. Sie ist die andere Frau. Er liebt seine Familie, und er liebt die andere Frau. Vielleicht wird er sie heute Abend noch mal sehen, nach dem Konzert der Band, deren Musik er nicht mag, aber die Bezahlung ist okay. Nachdem er seinen alten Job aufgegeben hatte, war das hier das Beste, was ihm passieren konnte. Nur nicht rumsitzen, nur nicht nachdenken müssen.

Er setzt die Box auf der Bühne ab, schiebt das Basecap in den Nacken und wischt sich den Schweiß von der Stirn. Viel zu warm für diese Jahreszeit. Ein Bier wäre jetzt gut. Aber erst mal das hier. Sie sind heute nur zu dritt, der vierte Roadie ist noch nicht aufgekreuzt, weiß der Geier, warum. Hat auch kein Handy, der Typ. Wie kann man in diesem Job kein Handy haben. Alex zieht sein Telefon aus der Tasche. 16.58 Uhr, drei Anrufe in Abwesenheit und eine SMS von seiner Frau. *Ruf bitte dringend zurück.*

*

Ein Vogel tschilpt im Baum. Toni hat nichts gegen Vögel, aber dieses Tschilpen geht ihr auf die Nerven. Es erinnert sie an etwas, an das sie nicht erinnert werden will. »Hau ab, du Vogel«, sagt sie. Der Vogel bleibt und tschilpt unbeeindruckt weiter. Scheißvogel, denkt Toni und nimmt einen Schluck aus der Colaflasche. Morgen wird sie in die große Stadt fahren und die Verlagsfrau treffen, die ihre Bilder gut findet und ein Buch daraus machen will. Verrückte Sache. Hätte ihr das jemand noch vor ein paar Wochen gesagt, hätte sie ihm einen Vogel gezeigt. Tschilp. »Halt die Fresse, Idiotenvogel«, sagt Toni, steht auf, pflückt zwei Tomaten und geht in den Wohnwagen. Sie wird die Zeichnungen gleich noch mal durchgucken und dann zur Schicht beim Schönen Ringo fahren. Seit ein paar Wochen hilft sie wieder manchmal bei ihm aus. Sie braucht das Geld für die Reise nach Neuseeland. Da wollte sie schon immer hin, und hier hält sie nichts mehr. Nicht nach diesem Sommer.

Sie schlägt zwei Eier in eine Schüssel, schneidet die Tomaten und lässt Butter in der Pfanne zerlaufen. Wenn sie morgen in der Stadt ist, wird sie auch ihren Vater treffen. Eigentlich hat sie keine Lust, ihn zu sehen, doch er gibt ihr was dazu für Neuseeland. Das sei doch selbstverständlich, hat er am Telefon gesagt. Und wie er sich freue, sie endlich mal wieder zu sehen, es sei jetzt schon so lange her, und es gebe so viel zu besprechen. Na gut, wenn er meint.

Toni gießt den Inhalt der Schüssel in die Pfanne, rührt und schaut aus dem Fenster. Sie findet nicht, dass es was zu besprechen gibt.

*

Alex sitzt vor der Konzerthalle, raucht und wählt die Nummer seiner Frau.

»Wird aber auch Zeit, ich dachte, du meldest dich gar nicht mehr.«

»Wir haben Aufbau, weißt doch, dass da Stress ist. Was ist denn los?«

»Anna liegt im Krankenhaus, Blinddarm. Kannst du kommen?«

»O nein! Verdammt …«

»Ja. Verdammt. Also kannst du kommen?«

»Aber … wir sind auf Tour. Ich kann doch jetzt nicht –«

»Menschenskind, Alex. Deine Tochter ist krank, da kannst du doch deine komische Tour mal unterbrechen.«

Nervös zieht er an seiner Zigarette. Komische Tour. Er hasst es, wenn seine Frau so von seiner Arbeit spricht.

»Ist ja gut, ich komme. Nach dem Abbau fahr ich los.

Aber wir sind nur zu dritt heute, kann also dauern, bis ich da bin.«

»Gut. Bis dann.«

»Bis dann.«

Seine kleine Anna. Blinddarm ist keine große Sache, aber sie ist doch so zart und viel zu klein für ihre acht Jahre. Er schreibt eine SMS an die andere Frau. Er könne heute nicht mehr kommen, seine Tochter sei krank, er melde sich. Er liebe sie. Er steckt das Telefon ein, tritt die Kippe aus und geht zurück in die Halle.

*

Toni sitzt kauend am Tisch und blättert in der Zeichenmappe. Ihr ist immer noch nicht klar, was die Verlagsfrau an den Sachen findet, ist doch nur Krickelkrakel. Strichleute. Dicke blonde Frauen beim Zähneputzen, sommersprossige Punks beim Biertrinken, nachdenkliche Herren auf dem Klo und diverse Phantasiegestalten, die sie Dunkelmunk, Hüpfbär oder Große Popeline genannt hat. Am besten hatte der Frau das kleine Mädchen gefallen, das Winterkind heißt, eine rote Pudelmütze trägt und einen Gefährten namens Herr Jemineh hat, der in ihrer Manteltasche wohnt. Herr Jemineh ist ein fingerlanger Mann mit Hut und heruntergezogenen Mundwinkeln, weil er so viel jammert. Obwohl Herr Jemineh meist schlecht gelaunt ist, ist er der einzige Freund, den Winterkind hat. Und manchmal hat er eine Idee, wenn das

Mädchen nicht weiterweiß. Toni hatte sich eine Geschichte für die beiden ausgedacht, in der sie durch die Welt wandern und Abenteuer erleben. Diese Geschichte fand die Verlagsfrau gut, und jetzt will sie ein Buch daraus machen. Morgen wollen sie darüber sprechen.

Sie blättert weiter zu einer Zeichnung, die einen Mann zeigt, der mit leichten O-Beinen etwas verloren in der Gegend herumsteht, sich den Kopf unter seinem Hut kratzt und einen fragenden Gesichtsausdruck hat. »Guckst'n so doof, Hutmann«, schmatzt sie. »Is doch nur wegen dir.«

*

Alex rückt die letzte Monitorbox gerade und gibt dem Techniker hinter dem Mixer ein Zeichen, dass alles für den Soundcheck bereit sei. Jetzt gibt es erst mal nichts mehr zu tun. Trotz des Fehlens des vierten Kollegen sind sie mit dem Aufbau rechtzeitig fertig geworden. Er geht zum Truck, vor dem bereits die beiden anderen Roadies in Campingstühlen sitzen und das erste Bier des Abends trinken. Er zieht sich ebenfalls ein Bier aus dem Kasten und setzt sich schweigend dazu. Hinter der Halle legt sich langsam die Dämmerung über die Stadt. Wer hätte gedacht, dass es Mitte Oktober noch so warm ist. Er denkt an die andere Frau, die er heute nicht mehr sehen würde. Und er erschrickt bei dem Gedanken, dass er zuerst an sie denkt und nicht an seine kranke Tochter.

Aber es ist ja nur Blinddarm, nicht so dramatisch. Hatte er auch schon. Das einzige Mal, dass er im Krankenhaus lag. Und auch sonst hatte er kaum eins von innen gesehen. Nur zur Geburt seiner Tochter und bei der Sache mit seiner Mutter. Das war schlimm. Sie hatte ihn angerufen, ihr sei so komisch, ob er nicht schnell kommen könne. Er fand sie auf dem Boden, sie atmete nicht mehr. Krankenwagen, Krankenhaus, als sie ankamen, war sie tot.

Alex nimmt einen Schluck aus der Flasche, zieht seine Brieftasche aus der Hose und holt das Foto seiner Tochter hervor. Hübsch ist sie. Hat die Augen der Mutter, und die Nase auch. »Die Nase hab ich von Mama und die Popel von dir«, sagt sie oft. Frech ist sie. Hübsch und frech und lustig. Und viel zu zart für eine Operation. Er streicht mit dem Finger sanft über das Bild. Morgen früh bin ich da, Süße.

*

Toni stellt das Moped vor der Dorfkneipe ab und geht hinein. Durch die Fenster der Gaststube quälen sich die letzten Sonnenstrahlen und legen den Raum in schummriges Licht. An einem Tisch sitzen vier Männer beim Bier, sie spielen Karten, während der Schöne Ringo hinter dem Tresen Gläser spült – ein drahtiger Kerl mit nach hinten gegeltem Haar, schmalem Menjou-Bärtchen und Koteletten, die weit in sein kantiges Gesicht hineinwachsen. Sein Hemd ist so blendend weiß wie sein Gebiss, dem jedoch ein Vorderzahn fehlt. Den habe er bei einem Handgemenge in Palermo verloren, wie er nicht müde wird zu erzählen. Kein Mensch glaubt ihm, aber alle hören fasziniert zu, wenn er mal wieder eine seiner Räuberpistolen loslässt. Der große Schäferhund, der eben noch vor dem Tresen gedöst hat, läuft schwanzwedelnd auf Toni zu und springt freudig an ihr hoch.

»Na, Amsel? Du kleine Motte? Was macht die Kunst?« Sie streichelt den Kopf des Tieres, geht hinüber zu den kartenspielenden Männern, klopft auf die Tischplatte, sie erwidern den Gruß und wenden sich wieder ihrem Spiel zu.

»Bist spät dran heute, Toni-Kind«, sagt der Wirt, ohne von seiner Arbeit aufzusehen.

»Mann Ringo, is doch erst fünf nach sieben. Und is doch auch noch gar nix los hier.« Ringo trocknet sich kopfschüttelnd die Hände ab. »Schichtbeginn ist um sieben, Fräulein. Und ob was los ist oder nicht, entscheide immer noch ich, klar?«

»Klar, Ringo. Du entscheidest. Wenn einer entscheidet, dann du.«

Toni verschwindet nach hinten in die Küche. Ringo grinst. Er mag Toni, kann ihr nichts übelnehmen. Hat's ja auch nicht leicht gehabt, das Mädchen. Der Wirt seufzt und begrüßt den Mann, der den Schankraum betritt und der trotz des warmen Wetters eine fellbesetzte Jacke trägt. Niemand aus der Gegend. Der Fremde schaut sich um und setzt sich schließlich an einen der leeren Tische am Fenster. »Kundschaft, Toni«, ruft Ringo nach hinten. Toni kommt aus der Küche und geht zu dem neuen Gast. Schöne Jacke, denkt sie. Irgendwoher kenn ich die. Aber sie erinnert sich nicht.

*

Das Bier drückt auf die Blase. Alex geht in den Garderobenbereich der Halle, wo ihn eine junge Frau fast umrennt, das Gesicht tränenverschmiert. Er kennt sie, sie gehört zum Bassisten und geht manchmal mit auf Tour. Was ist heute bloß los, denkt Alex. Und wo bloß der vierte Roadie bleibt, wenn der nicht kommt, dauert das ewig mit dem Abbau, und der letzte Zug nach Hause ist weg. Der Bassist kommt ihm entgegen, sieht genervt aus. Oder besorgt. Oder beides. Alex zeigt ihm die Richtung, in die seine Freundin gelaufen ist, und schaut ihm hinterher. Sein Telefon klingelt. Es ist die andere Frau.

»Stör ich dich grad?«

»Nee, is okay.«

»Was hat deine Kleine?«

»Blinddarm. Wird morgen operiert.«

»Oh. Das tut mir leid.«

»Ja, mir auch. Aber wird schon gutgehen.«

»Ja, ganz bestimmt. Und wir sehen uns, wenn es gutgegangen ist, okay?«

Sie ist immer so verständnisvoll.

»Ja klar. Ich melde mich.«

»Mach dir keine Gedanken, ich bin morgen auch noch da, und ich geh auch nicht weg.«

Manchmal nervt ihn, dass sie so verständnisvoll ist.

»Ja, ich weiß. Danke.«

Sie könnte ja auch mal sauer sein oder beleidigt, aber nein, sie ist immer so lieb.

»Mach's gut, Alex. Ich drück dir die Daumen.«

»Danke, ich meld mich.«

Er steckt das Telefon ein und geht pinkeln.

*

Der Schankraum ist jetzt voll. Eigentlich immer um die Zeit. Ringos Kneipe ist die einzige in der Gegend, in der man abends noch etwas essen kann. Immer zwei Gerichte, was Handfestes und eine Suppe. Heute gibt's Gefüllte Paprikaschote und Grüne Bohnen. Toni liebt Grüne Bohnen, hat ihre Oma immer gemacht, wenn sie in den Ferien bei ihr zu Besuch war. Bei ihr durfte Toni alles, was sie zu Hause nicht durfte: Kaffee trinken, fernsehen und lange aufbleiben. Und sie durfte die Zigaretten drehen, die ihre Oma dann in eine perlmutterne Zigarettenspitze steckte und elegant rauchte wie die Damen in den alten Filmen, die sie immer gemeinsam schauten. Wenn ihre Mutter davon gewusst hätte, wäre sie ausgerastet. Wer weiß, vielleicht ahnte sie auch was, aber hat nichts gesagt, weil sie wusste, dass es nichts bringt. Nur als Toni

mal mit einem Kreuzkettchen von ihrer Oma zurückge-
kommen ist, hat ihre Mutter einen Aufstand gemacht.
Was ihr einfalle, der Tochter ihren blöden Gott aufzu-
zwingen. War doch nur eine Kette, Toni war zehn, und
Gott war ihr egal.

Die Köchin schiebt ihr einen Teller Suppe und zwei
Paprikaschoten rüber, Toni saugt den Duft der Grünen
Bohnen ein und trägt die Teller in die Gaststube.

*

Alex sitzt vorm Truck, raucht und löst ein Sudoku. Die
Halle ist voll, die Band spielt, die Leute sind gut drauf. Ist
nicht immer so. Vorgestern hatten sie einen Gig, da war
der Wurm drin. Mikro kaputt, Sound miserabel, Sänger
neben der Spur, es hakte überall, und am Ende war die
Halle nur noch halbvoll. Passiert eben, sie sind zu lang
im Geschäft, um sich das noch zu Herzen zu nehmen.
Wobei er noch nicht so lange dabei ist, vier Jahre erst.
Früher hatte er selbst eine Band, aber die taugte nicht
viel, hat nur Cover gespielt und manchmal zum Tanz. Na
ja, sein Talent auf der Gitarre hat sich auch in Grenzen
gehalten. Wenn er in etwas gut war, dann in Naturwis-
senschaften. Mathe und Physik – das war in der Schule
sein Ding. Aber am Ende hat's dann doch nur zum Auto-
klempner gereicht. Manchmal ärgert er sich, dass er
nicht ehrgeiziger gewesen ist. Er hätte studieren können. Quantenphysik, Wahrscheinlichkeitstheorie, die-

ses ganze faszinierende Zeug, das wär's gewesen. Aber vorbei ist vorbei, man soll sich zufriedengeben mit dem, was man hat. Und er hat immer ein Heft mit schweren Sudokus dabei. Er setzt die letzte Zahl in das Feld und wendet sich dem nächsten zu.

*

Die Stoßzeit in der Kneipe ist vorbei, Toni stellt die letzten Teller in den Geschirrspüler, der Schöne Ringo kommt in die Küche, schickt die Köchin nach Hause und setzt sich rücklings auf einen Stuhl.

»Na Toni-Kind, was gibt's Neues? Man hört, du willst nach Australien?«

Toni schließt den Geschirrspüler und schaltet ihn ein.

»Neuseeland, Ringo. Neuseeland.«

»Neuseeland also. Auch schön. Und was willst du da?«

»Weiß noch nich genau. Da wohnt ein Freund, den besuch ich, und dann mal gucken.«

»Ein Freund also.«

»Ja, Ringo, ein Freund. Brauchste mich noch lange?«

»Nein, mach fertig hier und dann Feierabend. Was ist denn das für ein Freund, hast noch nie was erzählt.«

»Ein Freund eben. Kenn ich schon lange. War mit dem in einer Klasse. Und jetz is der eben in Neuseeland.«

»Und was macht der da?«

»Was man so macht, Ringo. Leben und so was.«

»Leben also. Was du nicht sagst … Apropos Freund. Was ist eigentlich mit dem, der im Sommer da war?«

»Wieso, was soll mit dem sein?«

»Weiß ich doch nicht, deshalb frag ich ja. Der war so schnell wieder weg, oder?«

»Ja, musste weiter. Wir müssen ja alle irgendwann weiter, oder, Ringo? Kann ich jetzt gehen?«

Ringo steht auf und stellt nachdenklich den Stuhl wieder an seinen Platz.

»Wie hieß der gleich noch mal?«

»Hutmann.«

»Hutmann? Der hieß niemals Hutmann.«

»Bei mir schon.«

Der Wirt grübelt.

»Nee du. Der hieß irgendwie anders … Wunderlich!«

»Oder so.«

»Genau. Wunderlich. War ja auch wunderlich irgendwie.«

»Findste?«

»Ja. Komischer Kerl. Wie der mich übers Blauharz ausgefragt hat, ganz besessen war er davon. Na, wie auch immer. Mach mal Schluss, Toni-Kind. Bis morgen.«

»Morgen geht nich, Ringo. Morgen bin ich weg. Übermorgen.«

»Also gut, dann eben übermorgen.«

Ringo geht zur Tür und dreht sich noch mal um.

»Stehen dir übrigens gut, die Haare. Siehst fast wieder

wie ein Mädchen aus.« Sie grinst und streicht sich verlegen über den Schädel, den sie seit ein paar Wochen nicht mehr rasiert hat. »Wennde meinst, Ringo.«

Der Wirt verschwindet in den Schankraum. Hutmann, denkt Toni, während sie die Schürze abbindet. Im Sommer aufgetaucht und nach ein paar Tagen wieder abgehauen. Wollte wiederkommen, ist er aber nicht. Weil am Ende nie einer wiederkommt.

*

Die Band spielt. Die Halle kocht zwar nicht, aber die Leute sind dabei. Alex sitzt mit den beiden anderen Roadies vor dem Truck, sie spielen Skat. Dank seines Mathetalents ist er darin ziemlich gut und durchschaut schnell, welche Karten die anderen auf der Hand haben und ob sie bluffen. Schon verrückt, denkt Alex, während er seinem Kollegen beim Mischen zuschaut. Kollege Zufall mischt die Karten, und ich spiele Schicksal. Er hat mal einen Film gesehen, wo ein paar Mathestudenten im Casino mit einer bestimmten Zähltechnik jede Menge Kohle beim Black Jack gewinnen. Er hat schon darüber nachgedacht, das auch zu versuchen, aber er lässt lieber die Finger vom Glücksspiel. Er nimmt seine Karten auf, das Blatt ist nicht sensationell, doch man kann damit arbeiten. Oder Quantenmechanik. An zwei Orten gleichzeitig sein, das wäre auch gut. Dann wäre er heute Nacht bei der anderen Frau und gleichzeitig bei seiner kranken

Tochter. Irgendwann ist das vielleicht möglich, aber nicht mehr in diesem Leben. In diesem Leben wird er erst mal dieses Spiel gewinnen und sich über den blöden vierten Roadie ärgern, der einfach nicht kommt. Vielleicht ist ihm doch was passiert.

»Vielleicht ist ihm was passiert«, sagt der Kollege zu seiner Linken. Gedankenübertragung, denkt Alex.

»Ach was. Der würde sich doch melden.«

»Der hat aber kein Telefon.«

»Gibt Leute, die eins haben, kann er doch fragen.«

»Vielleicht ist er verletzt.«

»Quatsch, der ist versumpft oder liegt bei irgend 'ner Ollen.«

»Oder beides.«

»Oder beides.«

Alex kassiert die letzten fünf Stiche.

*

Toni füllt Benzin in den Tank und schaut hinüber zu dem Auto, das gerade an einer Zapfsäule hält. Eine Frau steigt aus, mittelalt, mittelgroß, mittelblond. Hat auf den ersten Blick ein bisschen Ähnlichkeit mit ihrer Mutter, wobei ihre Mutter hübscher ist. Nein, war. Wie sie jetzt aussieht, weiß Toni nicht.

Sie hängt die Benzinpistole ein, schließt den Tankdeckel und geht an der Frau vorbei zum Laden. Ihre Blicke treffen sich. Nein, sie ist nicht halb so hübsch wie ihre

Mutter war. Fünf Jahre her, seit sie sie gesehen hat. Fühlt sich aber an wie zehn. Komische Sache mit der Zeit. Das mit Wunderlich war erst vor zwei Monaten und kommt ihr auch schon vor wie eine Ewigkeit. Er wollte zurückkommen, seinetwegen hat sie die Haare wieder wachsen lassen. Idiot.

Toni greift sich eine Tüte Chips und eine Cola. Die Frau kommt rein und geht an ihr vorbei. Sie riecht gut. Aber nicht so gut wie ihre Mutter gerochen hat. Ihr Vater hatte ihr mal dieses teure Parfum geschenkt, das hat sie geliebt und jeden Tag getragen. Wenn es alle war, schenkte er ihr neues, und nachdem er sie verlassen hatte, kaufte sie es sich selbst. Fünf Jahre. Als Toni ihre Mutter damals in der Psychiatrie besuchte, hatte sie sich gerade den Kopf kahlrasiert. Zur Strafe. Sie wollte jeden Tag im Spiegel sehen müssen, was sie angerichtet hat. Die Narbe sollte sie für immer erinnern. Niemals sollte da Gras drüber wachsen. Ihre Mutter hat das nicht verstanden und gesagt, sie tue das nur, um sich wichtigzumachen. Nichts hat sie verstanden, nichts. Wütend schnappt sich Toni noch eine Tüte Gummibärchen aus dem Regal, geht zur Kasse und bezahlt.

*

Das Konzert ist zu Ende, das Licht geht an, die Leute strömen langsam aus der Halle. Alex steht an der Rampe und zündet sich eine Zigarette an. Der vierte Roadie ist nicht gekommen. Ohne ihn würden sie mit dem Abbau zwei Stunden brauchen. Mindestens. Schöne Scheiße. Aber könnte auch schlimmer sein. Das ist der Satz, den er von seinem Vater gelernt hat. Mach's wie die Iren, hat der immer gesagt. Fuß verstaucht? Könnte auch gebrochen sein. Bein gebrochen? Genick wär schlimmer. Job weg? Frau weg wär schlimmer. Frau weg? Job weg wär schlimmer. Nur als ihm selbst die Frau starb, gab's nichts mehr, was schlimmer war. Da hat er dann nur noch gesoffen wie ein Ire, und irgendwann war auch er tot. Dabei hätte Alex seine Sprüche so gebraucht, damals nach der Sache vor sieben Jahren. Einmal war er sogar kurz davor, es ihm zu erzählen, hat's dann aber doch nicht gemacht. Und überhaupt, die Katholiken haben es gut, können zur Beichte gehen, und die Welt ist wieder in Ordnung. Und die nicht an Gott glauben? Von wem bekommen die Absolution? Die sind am Arsch. Also zwei Stunden Abbau. Aber was sind schon zwei Stunden. Alex tritt seine Zigarette aus und will gerade seinen beiden Kollegen auf die Bühne folgen, als der vierte Roadie auftaucht. Atemlos und aufgelöst.

»Schön, dass du dich auch noch blicken lässt, Alter.«

»Du glaubst nicht, was mir passiert ist, das glaubst du nicht!«

»Ach nee.«

»Unfall.«

Alex schluckt. Unfall. Was erzählt der da.

»Also, da war dieser …«

»Nee, nicht jetzt. Später. Jetzt erst mal Abbau.«

Sie gehen in die Halle.

*

Toni liegt in der Koje ihres Wohnwagens und starrt an die Decke. Sie kann nicht schlafen, ist aufgeregt wegen morgen. Die Verlagsfrau und dann ihr Vater. Wobei sie vor ihrem Vater keinen Schiss hat, wär ja auch Quatsch. Sie mag ihren Vater. Hat sich nur einfach zu früh verpisst. Sie war dreizehn, und ihre Mutter hörte von einem Tag zum anderen auf zu lachen. Einfach so, als hätte jemand den Schalter umgelegt. Sie kann sich noch genau an den Tag erinnern, weil es der letzte vor den großen Ferien war. Toni setzte sich mit der *Mütze des Grauens* an den Frühstückstisch – so nannte ihr Vater die rote Pudelmütze, die sie immer trug, wenn sie schlechte Laune hatte und man sie besser nicht ansprach. Die Mutter redete damals wie ein Wasserfall vom bevorstehenden Urlaub. Wenn der Vater von seiner Dienstreise zurückkam, wollten sie mit dem Wohnmobil durch Dänemark und Schweden bis hoch in den Norden von Finnland. Das heißt, ihre Eltern wollten, Toni nicht. Sie hatte keine Lust auf Vatermutterkind und den ganzen Kram, sie wollte lieber zu Hause bleiben. Bei Ole, ihrem besten Freund. Der würde bald wegziehen, und dann war sowieso alles zu spät. Deshalb hatte sie die Mütze auf. Doch ihre Mutter nahm keine Notiz davon und quatschte und lachte,

während Toni grimmig ihre Cornflakes in sich hinein-
schaufelte.

Als sie am Nachmittag aus der Schule kam, war alles
anders. Da saß ihre Mutter am Küchentisch, auf dem
noch immer das Zeug vom Frühstück stand. Saß einfach
da und starrte vor sich hin. Der Vater war zurückgekom-
men, aber er war nicht geblieben. Er hatte seinen Koffer
gepackt und das Lachen der Mutter mitgenommen. In
diesem Sommer hätte Toni gern einen großen Bruder
gehabt. Nicht einen, der auf sie aufpasste, das konnte
sie schon selbst ganz gut. Eher einen, der sagte: Das wird
schon wieder. Doch sie hatte keinen großen Bruder. Und
es wurde auch nicht wieder. Im Gegenteil. Scheiß drauf,
denkt Toni, dreht sich auf die andere Seite und schläft
ein.

*

Alex verstaut den letzten Scheinwerfer im Truck und
schaut auf die Uhr. Kurz nach Mitternacht. Der letzte
Zug fährt in zwanzig Minuten, wenn er sich beeilt, kriegt
er den noch. Oder er kriegt ihn nicht … Er zieht sein Telefon aus der Tasche und tippt: *Bist du noch wach? Fährt
kein Zug mehr, kann noch kommen, wenn du willst.* Dann
nimmt er sich ein Bier aus dem Kasten und setzt sich zu
seinen Kollegen, die dem Zuspätkommer zuhören.

»… obwohl er doch gesehen hat, dass ich links abbiegen wollte. Hat wohl gedacht, er schafft das noch, der

Penner. Hat er sich verschätzt, ist mir mit seiner Mühle voll in die Seite gekachelt.«

Die beiden anderen hängen an seinen Lippen. Alex würde sich gern verziehen, aber das wäre komisch, also setzt er sich mit seinem Bier dazu.

»Zum Glück nicht so schlimm, ist gleich wieder aufgestanden, aber weiß wie 'ne Wand war der. Hat sich die Hand gehalten. Na ja, bei mir der Außenspiegel ab, Tür eingedellt, ärgerlich, aber keine Tragödie. Haben wir die Bullen geholt, also er, ich hab ja kein Telefon. Die kamen dann auch irgendwann, haben die Sache aufgenommen. Als die weg waren, bin ich dann erst mal ans Meer runter, ausruhen, Luft holen, pinkeln in einem dieser Freiluftklos an so einer Strandbar, und dann wieder losgefahren.«

Das Telefon in Alex' Hosentasche brummt. Eine SMS von der anderen Frau.

Klar, komm her, ich bin noch wach. Freue mich. Kuss.

»Dafür haste aber ganz schön lange gebraucht, das Meer ist doch nur 'ne Stunde von hier«, sagt einer der Roadies.

»Ja warte, die Geschichte ist ja noch nicht zu Ende. Ich also zurück, wieder auf die Autobahn, Tank fast leer, ich also zur nächsten Tankstelle, will bezahlen, ist mein Rucksack nicht da.«

»Was?«

»Ja! Weg. Hab alles abgesucht, aber weg. Nicht auf dem Rücksitz, nicht im Kofferraum, weg eben.«

»Ach du Scheiße, geklaut?«

»Hab ich mich auch gefragt. Wusste nicht mehr, ob ich den mit zum Strand genommen habe. Oder ob ich das Scheißauto nicht abgeschlossen hab, und jemand hat das gesehen und den Rucksack geklaut. Aber egal, steh ich also an der Tanke und muss ja irgendwie bezahlen. Erzähl ich der Lady an der Kasse, was los ist, stöhnt die nur, dass die ihre Pappenheimer kennt, immer dieselbe Tour und so. Ich hab sie so lange bequatscht, bis sie meinen Ehering genommen hat zur Sicherheit. Ist ja fast echtes Gold, das Ding. Hat sie irgendwie beeindruckt. Ich also die siebzig Kilometer wieder zurück zum Meer, hab die Stelle auch wiedergefunden, aber der Scheißzugang war schon dicht, gehörte zur Strandbar, alles verrammelt. Ich also geguckt, wo ich über den Zaun kann, stockduster schon, aber hab 'ne Stelle gefunden, wo der Zaun kaputt war. Ich also rüber, Strand abgesucht, kein Rucksack. Klar, denke ich, wär ja auch zu schön gewesen. Dann hab ich so 'ne Eingebung und bin noch mal auf das Klo, wo ich pinkeln war, und dreimal dürft ihr raten.«

»Nee, oder?«

»Doch, da stand er rum, mein Rucksack. Wie Gott ihn erschaffen hat. Kohle drin, Papiere drin, alles da. War einfach keiner mehr auf dem Klo da, ich war der Letzte.«

»Gibt's ja gar nicht.«

»Unfassbar.«

»Hättest auch tot sein können«, sagt Alex.

Die drei starren ihn verständnislos an.

»Wie kommst'n jetzt da drauf?«

»Nur so, hätte ja sein können.«

Glück im Unglück. Hätte er auch gebrauchen können damals. Hatte er aber nicht. Alex zieht sein Portemonnaie aus der Tasche. Fünfzig Euro, das reicht für ein Taxi.

*

Toni läuft durch ihr Dorf, kein Mensch auf der Straße, nur an der Bushaltestelle steht ein dicker Teenager. Sie kennt ihn, es ist der fette Mario, der Anführer der Jugendclique. Er schießt eine leere Cola-Dose zu ihr, sie kickt sie zurück und trifft ihn am Kopf. Er fällt um und bleibt liegen. Sie geht zu ihm, doch als sie sich über ihn beugt, ist es nicht der fette Mario, sondern ein Mann mit Hut. Hutmann. Er schläft. Sie weckt ihn, er sagt, er wolle weiterschlafen, und macht die Augen wieder zu. Sie steht auf und geht weiter auf der Straße, die plötzlich durch eine große Stadt führt. Die Autos hupen, sie läuft einfach weiter. Ganz weit vorn ein kleiner Junge. Es ist Mark, ihr Bruder. Sie fängt an zu rennen, doch je schneller sie rennt, desto weiter ist er weg. Plötzlich steht eine fremde Frau vor ihr und verstellt ihr den Weg. »Du bist zu spät!«, schreit sie. »Fünf Minuten!« Toni schiebt die Frau weg und rennt weiter, die Frau läuft ihr hinterher und holt sie ein. »Fünf Minuten! Fünf Minuten!«, schreit sie. Toni kommt ihrem Bruder näher, fast hat sie ihn eingeholt, als von der Seite ein riesiger Schatten kommt und ihn wegreißt. Toni schreit und wacht schweißgebadet auf.

Sie hasst diesen Traum, er kommt nicht oft, nur alle paar Monate. Die Geschichte ist immer anders und das Ende immer gleich.

Toni schaut auf den Wecker, kurz nach halb eins. Sie steht auf, trinkt Wasser aus dem Hahn und kühlt ihr Gesicht. Wer hat sich bloß den Mist mit den Träumen ausgedacht, braucht doch kein Mensch. Als wenn es nicht reichte, dass sie jeden Tag daran denkt. Sie schaut in den kleinen Spiegel über dem Becken, zieht eine Grimasse und legt sich wieder hin. Karl hat ihr mal gesagt, Schmerz und Trauer kämen in Wellen. Mal seien sie größer und mal kleiner. Und wenn so eine Welle komme, solle sie zählen, einfach nur zählen, irgendwann sei es vorbei. Und wenn sie ertrinke? Dann rette er sie, hat er gesagt.

Eins, zwei, drei, vier …

*

Alex sitzt im Taxi. Im Radio läuft ein Song, den er mit seiner Band auch gespielt hat. War damals seine Idee gewesen, die andern wollten erst nicht, weil die Nummer nicht wirklich abging, aber dann haben sie ihn doch gemacht. In dem Lied beklagte sich der Sänger darüber, dass die Leute immer seltsam und hässlich und die

Frauen böse seien, wenn man fremd und allein war, und dass sich niemand an den Namen eines Fremden erinnere. Der Text ist düster, aber die Melodie ist schön.

»Mannomann. Immer noch neunzehn Grad.« Der Taxifahrer tippt auf die Temperaturanzeige und schüttelt den Kopf. »Und dabei haben wir Mitte Oktober, nicht wahr?«

Alex hat keine Lust auf ein Gespräch, doch die Fahrt ist lang, also was soll's.

»Ja, komisch. Aber soll ja wieder kälter werden in den nächsten Tagen.«

»Na ja, besser is. Sieht ja keiner mehr durch mit dem Wetter.«

Schweigen. Eine Stimme im Radio kündigt den nächsten Song an, dem Taxifahrer scheint er zu gefallen, er macht lauter. Alex mag das Lied nicht. Er ist genervt. Der Taxifahrer fixiert ihn ihm Rückspiegel. »Passiert mir auch nicht alle Tage, dass ich um die Zeit noch einen über die Autobahn kutschiere.« Alex ahnt, dass der Mann gern eine Erklärung hätte, doch er hat keine Lust darauf, nickt nur und schaut aus dem Fenster. Sie rauschen an ein paar Wohnsiedlungen und Industrieanlagen vorbei, die Autobahn ist nahezu leer, fast nur Trucks unterwegs, obwohl sie jetzt nicht mehr dürften. Er kann die Fahrer verstehen, als er seinen noch hatte, ist er auch am liebsten nachts gefahren. War alles so friedlich, und man konnte gut übers Leben nachdenken. Bis zu jenem Tag. Dem Tag, der alles ändern sollte. Dass sie ausgerechnet jetzt einen Truck seiner alten Speditionsfirma überholen, macht es nicht besser. Alex schließt die Augen, bis sie ihn hinter sich gelassen haben.

»Alles in Ordnung da hinten? Sie gucken, als hätten Sie ein Gespenst gesehen oder so was.«

»Alles bestens.« Alex strafft sich und versucht ein Lächeln. »War nur ein anstrengender Tag … Wie läuft denn Ihr Taxi so?«

»Och ja.« Der Taxifahrer wiegt den Kopf. »Ernährt seinen Mann, wie man so schön sagt. Und man ist ja bescheiden, wissen Sie. Meine Frau ist Lehrerin, Häuschen fast abbezahlt. Keine großen Sprünge, aber läuft.«

»Verstehe. Ich bin früher auch gefahren.«

Was ist mit ihm los, hat er das wirklich gesagt?

»Ach was. Auch Taxe?«

»Nee, Spedition.«

»Ah, verstehe.« Der Taxifahrer zwinkert ihm anerkennend zu. »Die großen Jungs. Und jetzt nicht mehr?«

»Nope.«

»Warum nicht?«

»Lange Geschichte. Vielleicht andermal.«

Der Taxifahrer grinst.

»Andermal ist gut. Aber klar, man begegnet sich immer zweimal im Leben, wie es so schön heißt, also wer weiß.«

Themawechsel, schnell Themawechsel, denkt Alex.

»Und haben Sie Kinder?«, fragt er den anderen.

»Zwei, aber die sind schon aus dem Haus. Und Sie?«

»Eine Tochter. Acht. Ist gerade krank. Blinddarm. Wird morgen früh operiert.«

»Ach je. Und da fahren wir Sie jetzt hin, stimmt's?«

»Ja … genau.«

»Na ja, Blinddarm ist ja heute keine große Sache mehr. Wird schon gutgehen.«

»Sicher«, sagt Alex heiser. Scheiße, denkt er.

*

Zweihundertfünfundsiebzig, zählt Toni. Die Welle ist groß und schwer und will kein Ende nehmen. Sie drückt das kleine schwarze Stoffschaf gegen ihre Stirn. Es ist zwölf Jahre alt. So alt wie Mark jetzt wäre. Sie hat es einen Tag nach seiner Geburt in einem Schreibwarenladen entdeckt. Es saß zwischen seinesgleichen, aber während die anderen Schafe nur niedlich guckten, schaute dieses fast fordernd. Wenn ein Stofftier Charakter haben konnte, dann das hier. Sie hat es mitgenommen und ihrem Halbbruder ins Bettchen gelegt. Als er etwas größer war und zu sprechen begann, hat auch das Schaf zu sprechen begonnen. Allerdings nicht mit der Stimme, sondern durch Tonis Hand. Mal war es lustig und übermütig, mal frech und eigensinnig und manchmal auch traurig und ein bisschen wehleidig. Als Mark in den Kindergarten kam, musste es mit, und als es mal weg war, hat er den ganzen Tag geweint, denn das Schaf war sein Freund. Zum Glück ist es wieder aufgetaucht. Die Erzieherin hatte es versehentlich in den falschen Rucksack gelegt. Eine Woche hat er nicht mit ihr gesprochen.

Jetzt ist das Schaf ganz nass. Aber es hat überlebt. Zweihundertsechsundsiebzig, zählt Toni.

*

Alex bezahlt den Taxifahrer, steigt aus und schaut hinauf zu den Fenstern der anderen Frau. Es brennt Licht. Er klingelt und steigt die Treppe hoch, die er nun schon seit sieben Jahren hochsteigt. Das erste Mal mit ihr gemeinsam in jener Nacht, als er ihr an der Raststätte begegnet war. Sie saß dort beim Kaffee und las ein Buch. Er hatte in einer Raststätte noch nie jemanden ein Buch lesen sehen. Er setzte sich in ihre Nähe und beobachtete sie. Sie war hübsch. Als sie hochschaute, trafen sich ihre Blicke, und sie lächelte verlegen, ja fast entschuldigend. So als schämte sie sich dafür, in einer Raststätte ein Buch zu lesen. Sie legte es zur Seite. Ein Zeichen, dachte er und fragte sie, ob er sich zu ihr setzen dürfe. Ja klar. Sie habe eine Panne, jemand habe sie freundlicherweise hierhergeschleppt, und jetzt warte sie auf den Abschleppdienst. So fing es an. Und es endete in ihrem Bett. Er hatte zuvor noch nie seine Frau betrogen und hätte sich das auch niemals vorstellen können. Ausgeschlossen. Er hatte gesehen, wie seine Mutter wegen seines Vaters gelitten hat, der ein notorischer Fremdgänger war. Und er weiß noch, wie schlimm es für ihn war, seine Mutter so unglücklich zu sehen. Er wollte nie so werden wie sein Vater, den er eigentlich liebte. Doch dafür, dass er der Mutter so weh tat, hasste er ihn.

Sieben Jahre, denkt Alex und steigt die letzten Stufen hoch. Die andere Frau steht schon in der Tür. Im Gegenlicht zeichnen sich die Konturen ihres Körpers unter dem weiten Hemd ab. Sie ist schön. Sie lächelt und zieht ihn in die Wohnung.

*

Dreihundertachtundsiebzig. Toni zählt im Takt des Sekundenzeigers auf ihrem Wecker. Die Zeit heilt nicht alle Wunden, denkt sie. Manchmal tut es etwas weniger weh, aber weg geht es nie. Und nachts ist es am schlimmsten. Und wenn es am schlimmsten ist, braucht man jemanden, der da ist. Aber es ist keiner da, nur das Schaf. Und das jammert rum, weil es nass ist und weil es angeblich friert. Toni legt das Schaf aufs Kissen und deckt es zu, doch das passt ihm nicht, und es fängt an, auf der Decke herumzutoben. »Ey, Schaf, hör auf«, sagt Toni. »Wir müssen jetzt schlafen.« Das Schaf hält kurz inne, schaut sie verständnislos an, um dann noch wilder über das Bett zu springen. Dann versteckt es sich unter der Decke und rührt sich nicht mehr. Vorsichtig hebt Toni die Decke hoch, doch das Schaf wuselt weg. »Okay, dann also Verstecken«, sagt sie. Das Spiel hat sie oft mit Mark gespielt, wenn sie ihn ins Bett bringen musste, weil die

Mutter Nachtdienst hatte im Krankenhaus. Sie kamen klar zu dritt. Doch davor war's die Hölle. Nachdem ihr Vater in jenem Sommer ausgezogen war, hat ihre Mutter nur noch Trübsal geblasen, und in den Urlaub sind sie natürlich auch nicht gefahren. »Hat ja keinen Sinn mehr«, sagte die Mutter. »Weil ja alles keinen Sinn mehr hat.«

Dieser Sommer war krass. Vierunddreißig Grad im Schatten und eine Mutter, die zu nichts mehr zu gebrauchen war. Das fand Toni tausendmal schlimmer als die Tatsache, dass ihr Vater sich nicht von ihr verabschiedet hatte. »Mein Vater is das größte Arschloch, das ich kenne«, sagte sie damals zu ihrem besten Freund Ole. »Geht nich, is ja meiner schon.« – Ole hasste seinen Vater, aber da war er nicht der Einzige, das ganze Dorf hasste Oles Vater. Er war der Bürgermeister und intrigierte gegen jeden, der ihm nicht in den Kram passte. Zum Glück hatte Ole diesen Charakterzug nicht geerbt, obwohl auch er manchmal ganz schön fies sein konnte. In der Vierten hatte er ihr mal einen Frosch in die Mappe gesteckt. Zu Tode hatte sie sich erschrocken und war stinksauer. Später erklärte er ihr, dass er das nur getan habe, um ihre Liebe zu gewinnen. Und dann war er weggezogen, weil sein Alter Karriere in der Stadt machen wollte. Das Dorf atmete auf, nur Toni fand alles zum Kotzen.

Bis ihre Mutter ein Jahr danach wieder schwanger war. Vom Weihnachtsmann, wie sie sagte. Bis heute weiß Toni nicht, wer der Mann war, doch es war ihr auch egal, denn mit dem Baby wurde es wieder hell. Jedenfalls für kurze Zeit. Ihre Mutter machte Pläne und sprach sogar davon, dass sie irgendwann wegziehen würden. Doch aus dem Irgendwann wurde ein Nirgendwann. Und im Nirgendwann hingen sie dann fest.

Das Schaf ist müde und will schlafen. Toni legt es an ihre Wange und versucht, sich an die Zahl zu erinnern, bei der sie mit dem Zählen aufgehört hat. Sie hat sie vergessen. Egal, denkt sie und schläft ein.

*

Alex liegt neben der anderen Frau. Sie atmet ruhig und tief, er steht leise auf, geht in die Küche, füllt ein Glas mit Wasser und setzt sich an den alten Holztisch. Er mag diese Küche. An den Wänden Fotos, Postkarten und Kinderzeichnungen des inzwischen erwachsenen Sohnes, das altmodische Büfett vollgestopft mit Geschirr, bei dem kein Teil zum anderen passt, und auf dem Küchentisch Stapel von Zeitschriften, Büchern und anderem Kram. Schön und unaufgeräumt, denkt Alex. Genau wie sie. Die Küche zu Hause ist ganz anders. Modern und praktisch. Kein Stück zu viel, kein Klimbim, alles an seinem Platz. Alex mag beides, und keins will er missen. Seine Frau weiß nichts von der anderen Frau. Und die andere Frau findet gut, wie es ist. Es sei schön, wenn er da sei. Und wenn nicht, sei es auch in Ordnung. Sie macht es ihm leicht, bei ihr zu sein, aber manchmal langweilt ihn ihre unkomplizierte Freundlichkeit. Dann sehnt er sich nach seiner Frau, mit der er sich streitet und über die er sich aufregt und die ihn kennt wie kein anderer und die er niemals verlassen wird. Einmal wollte er sie verlassen, nach der Sache damals vor sieben Jahren. Wollte weg von allem, so lange unauffindbar sein, bis man ihn für tot erklärt oder vergessen hat. Aber er war zu feige. Zu feige zum Weggehen und für die Wahrheit erst recht.

Die andere Frau kommt in die Küche, schlingt von hinten die Arme um ihn und küsst seinen Hals. Sie riecht gut. Nach dem Sex, den sie hatten, und dem, den sie gleich haben würden. Er steht auf und trägt sie aus der Küche.

*

Möglicherweise finden Toni und Alex in dieser Nacht noch ein wenig Schlaf. Und was machen wir inzwischen? Wir könnten uns auch hinlegen, aber wer weiß, vielleicht ist bei Ihnen gerade helllichter Tag. Und vielleicht haben Sie auch gar kein Bett in der Nähe. Vielleicht sitzen Sie gerade im Wartezimmer, im Café oder in der Straßenbahn. Dann wäre es schon eine ziemlich seltsame Idee, sich einfach auf den Fußboden zu legen und ein Nickerchen zu machen. Obwohl, ich könnte Ihnen von einem erzählen, für den so etwas kein Problem war. Was das mit dieser Geschichte zu tun hat? Nichts. Und vielleicht doch ganz viel …

Es war einmal ein Junge, der lebte allein in einer kleinen Stadt in Südfrankreich oder West Virginia oder Ostdeutsch-

land oder Norditalien. Das spielt keine Rolle. Unwichtig ist auch, warum er allein in dieser Stadt lebte. Na ja, eigentlich ist es nicht unwichtig, weil es ja immer von Bedeutung ist, woher einer kommt, wer seine Eltern sind und warum er sich jetzt allein durchschlagen muss. Doch das würde hier zu weit führen, und wir haben nicht ewig Zeit. Nur so viel: Der Junge hatte schon einiges erlebt in seinem kurzen Leben, was ihn aber nicht daran hinderte, ein im Grunde recht fröhlicher Junge zu sein, selbst wenn es für gute Laune gerade gar keine Veranlassung gab, weil er mal wieder nichts zu essen hatte oder nicht wusste, wo er die Nacht verbringen würde. Manchmal schlief er sogar mitten am Tag in der Straßenbahn auf dem Boden, weil er keinen anderen Schlafplatz gefunden hatte. Das fanden nicht alle Leute gut. »Er hat bestimmt keinen Fahrschein«, sagten einige und wollten die Polizei rufen. »Er hat bestimmt keinen, der sich um ihn kümmert«, sagten andere und steckten ihm ein paar Münzen in die Tasche. Von den Münzen kaufte sich der Junge etwas zu essen und war es zufrieden. Und wenn er keine Münzen hatte, fegte er den Frisörladen, wo sich die Frauen der kleinen Stadt die Haare blau färben ließen, denn das war der letzte Schrei. Manchmal stahl er auch etwas zu essen, doch das kam eher selten vor. So lebte der Junge sein Leben in der kleinen Stadt bis zu dem Tag, als er den Zauberwürfel fand. Er lag neben der Mülltonne im Hof des Frisörladens. Der Junge hatte schon andere Kinder mit Würfeln wie diesen spielen sehen und hätte gern auch einen gehabt, jetzt hatte er einen. Dass dies jedoch kein gewöhnlicher Zauberwürfel war, bemerkte er kurze Zeit später, als er am Fuße des Denkmals auf dem alten Marktplatz saß. Hier war immer viel los, die Leute kamen aus der ganzen Welt, um den Platz zu besichtigen. Da saß der Junge also und spielte mit dem Würfel, als eine Touristengruppe vor dem Denkmal stehenblieb. Die Leute redeten in einer fremden Sprache, doch plötzlich, von einer Sekunde zur anderen, verstand der Junge, was sie sagten. Jedes einzelne Wort. Er hörte den Touristen fasziniert zu und vergaß darüber das Spiel mit seinem Zauberwürfel. Als er sich jedoch daran erinnerte und die Seiten verdrehte, redeten die Touristen wieder in der fremden Sprache. Der Zauberwürfel war also nicht nur ein Zauberwürfel, sondern ein verzauberter Zauberwürfel. Der Junge probierte ihn gleich noch mal bei einem Liebespaar aus, bei drei älteren Damen mit Hut und ein paar Matrosen auf Landgang (womit West Virginia als möglicher Schauplatz ausfällt, weil es keinen Hafen hat, aber egal). Die Matrosen sahen den Jungen, und weil sie gerade einen Schiffsjungen brauchten, fragten sie ihn, ob er nicht mit ihnen kommen wolle. »Ich will«, sagte der Junge in der fremden Sprache der Matrosen und ging mit ihnen. Von nun an segelte er über die Ozeane, und dank des Zauberwürfels konnte er die ganze Welt verstehen, was oft sehr nützlich war. Manchmal aber auch nicht, doch so ist das Leben.

Die lange Reise des Jungen endete erst, als er erwachsen war. In Palermo, wo er es mit ein paar zwielichtigen Leuten zu tun bekam, die ihm einen Vorderzahn ausschlugen. Da verließ er Palermo und ging in ein anderes Land, wo er sich niederließ und eine kleine Gastwirtschaft eröffnete. Und hieß er in Palermo noch Reno, nannte er sich von nun an Ringo. Und weil er so schöne Koteletten, einen so schönen Schnurrbart und immer ein schönes weißes Hemd trug, nannten ihn die Leute nur noch den

Schönen Ringo. Und der Zauberwürfel? Der liegt ganz hinten im Lager in einer alten Seemannskiste. Vielleicht würde er ihn irgendwann noch mal brauchen, wer weiß. – Es ist 5.26 Uhr.

*

Toni erwacht von Vogelgezwitscher. Offenbar dasselbe Tier, das ihr gestern schon auf die Nerven gegangen ist. Hat der kein Zuhause, denkt sie und zieht sich die Decke über den Kopf. Doch es hilft nichts, das Tschilpen bohrt sich schrill und beharrlich unter ihre Schädeldecke. Und mit ihm die Erinnerung an jenen Morgen nach dem schlimmsten Tag ihres Lebens.

Das Erste, was sie sah, als sie die Augen öffnete, war das flirrende Licht an der Decke. Ein weiches, tanzendes Flirren, begleitet vom regelmäßigen Tschilpen des Vogels. Sie versuchte, den Kopf zum Fenster zu drehen, doch da war etwas, das sie daran hinderte. Sie wollte die Hand heben, um danach zu tasten, doch ihr Arm war bleischwer. Der Vogel tschilpte schneller. Sei still, du Vogel, dachte sie und schlief wieder ein. Als sie das nächste Mal erwachte, war es Nacht, doch der Vogel war immer noch da.

Halt die Fresse, du Scheißvogel. Mein Kopf tut so weh. Ich hab Durst. Was ist das für ein Blinken. An meinem Kopf ist was kaputt. Ich bin kaputt. Ich kann mich nicht bewegen. Hallo. Ich kann nicht sprechen, warum kann ich nicht sprechen. Wo bin ich. Was ist da in meinem Mund …

Die Tür öffnete sich, die Nachtschwester schaltete das Licht ein und trat zu ihr ans Bett. Das werde schon wieder, sagte sie und machte sich an den Apparaten und Schläuchen zu schaffen. Licht aus, Tür zu, weiche Dunkelheit.

Beim nächsten Mal war ihr Kopf voller Watte. Doch wenigstens konnte sie ihren Arm jetzt bewegen. Mit der Hand tastete sie die Manschette um ihren Hals ab, ihr Kopf war komplett bandagiert. Sie versuchte sich aufzurichten, doch ein stechender Schmerz in der Bauchgegend drückte sie zurück ins Kissen. Erschöpft schloss sie die Augen und konzentrierte sich auf den flimmernden Punkt, der hinter ihren Lidern tanzte, aber der glitt immer weg und machte der Erinnerung Platz, die sich träge und dunkel durch das milchige Weiß ihres Schädels drängte.

»Verpiss dich, du Vogel!«, flucht Toni und schaut auf den Wecker. Halb sechs. Zu früh, denkt sie, aber noch nicht zu spät. Sie steht auf, schnappt sich das Handtuch und steigt aufs Moped.

*

Alex schläft schlecht. Er wacht immer wieder auf und schaut auf die Uhr. Halb vier, halb funf, halb sechs. Kann ich auch gleich aufstehen, denkt er und bleibt liegen. Die Frau neben ihm schnarcht ein wenig. Für gewöhnlich findet er das süß, aber jetzt nervt es ihn. Er steht auf und sucht im Bad nach den Ohrstöpseln, die sie gegen sein Schnarchen benutzt. Er findet sie nicht, stopft sich stattdessen feuchtes Klopapier in die Ohren und legt sich wieder ins Bett.

*

Toni lehnt das Moped an einen Baum und geht ein Stück durch den Wald bis zum See. Er ist nicht groß, man kann problemlos ans andere Ufer schwimmen. Hinter den Bäumen färbt sich der Himmel blutrot, die Sonne wird gleich aufgehen. Sie zieht sich aus, geht ins Wasser und schwimmt in langen Zügen bis zur Mitte des Sees. Sie legt sich auf den Rücken, breitet die Arme aus und denkt an Wunderlich. Mit ihm war sie auch hier im Sommer. Hat ihm gleich am ersten Abend ihren See gezeigt. Am Anfang hat er sich ein bisschen geziert, doch dann hat er sich auch ausgezogen, und sie haben Toter Mann gespielt. Genau hier. Wo bist du nur geblieben, Hutmann. Warum bist du nicht wiedergekommen. Ich hatte mich doch gerade so an dich gewöhnt. Toni schließt die Augen. Man muss gar nicht sehen, wie die Nacht zum Tag wird. Man kann es hören. Alles wacht auf. Sogar das Wasser. Und für immer schwerelos sein, das wär schön. Noch ein paar Minuten.

*

Alex wird vom Brummen seines Telefons geweckt. Seine Frau. Er steht leise auf und geht in die Küche.

»Ja?«

»Was ist los, wo bleibst du?«

»Musste hierbleiben. Ging kein Zug mehr heut Nacht.«

»Das wollte ich nicht wissen. Ich hab gefragt, wo du bleibst.«

Er schaut zur Küchenuhr. Kurz vor sechs. Mist. Eigentlich wollte er einen Zug früher los.

»Der nächste Zug geht in einer Stunde, ich beeil mich.«

»Na toll. Da ist sie schon im OP. Mensch, Alex.«

»Tut mir leid.«

»Es ist immer dasselbe.«

»Ach komm, das stimmt doch gar nicht.«

»Natürlich stimmt das, und das weißt du genau.«

Wut steigt in ihm hoch. Sie hat unrecht. Doch er ist jetzt nicht in der Position, Streit anzufangen. Nicht hier und nicht jetzt. Er schluckt die Wut runter.

»Lass uns später reden, okay? Ich beeil mich.«

»Mach das.«

»Und gib ihr von mir einen Kuss, ja?«

»Tschüss.«

Sie legt auf. Alex geht ins Bad.

*

Toni läuft barfuß durch das kalte feuchte Gras im Garten, dreht den quietschenden Wasserhahn mit dem Gartenschlauch auf, zieht sich aus und lässt das von der Wärme des Vortags noch aufgeheizte Wasser über ihren Körper laufen. Das ist der beste Moment. Und noch besser, wenn das Wasser dann kalt wird. Die Nacht wegspülen, alles weg, alles neu. Sie bleibt so lange unter dem Strahl, bis die Kälte zu nagen beginnt.

»He, Jungs, kommt mal schnell! Hier gibt's 'ne Peepshow gratis!«

Es ist einer der Bauarbeiter, die seit kurzem an der alten Schule arbeiten. Er beugt sich über das Gerüst, um besser sehen zu können. »Süß isse, die Kleine. Bisschen flach, aber süß!«

»Pass bloß auf, dassde nich runterfällst da.« Toni schließt den Hahn und angelt ihr Handtuch. »Ham sich schon welche das Genick gebrochen beim Spannen.«

»Ach nee, is das wahr«, sagt der Arbeiter und zieht an seiner Zigarette. »Das wüsst ich aber.«

Toni muss grinsen. Sie weiß nicht, warum sich manche Frauen immer gleich so künstlich aufregen, wenn einer mal 'nen Spruch macht. Ist doch nichts dabei. Deren Probleme hätte sie gern zu ihren dazu.

Inzwischen hat sich ein zweiter Arbeiter zum ersten gesellt, schaut zu ihr herüber und zuckt mit den Schultern. »Is doch nix dran an der. Is das überhaupt 'ne Frau? Sieht eher aus wie'n Junge ohne Schwanz.«

Toni schlendert betont langsam durch das Gras, zeigt

den beiden den Stinkefinger und verschwindet in ihrem Wohnwagen.

*

Alex schlürft Kaffee im Stehen. Die andere Frau kommt in die Küche. Ob sie ihm noch was zu essen machen solle. Nein, schon gut, er müsse gleich los. Sie nimmt sich Kaffee, sie stehen sich gegenüber und schweigen. Das ist auch etwas, das er an ihr liebt. Dass sie nicht so viel redet am Morgen. Ganz anders als seine Frau, die gleich nach dem Aufwachen quatscht wie ein Buch. Das hatte ihn schon nach der ersten Nacht irritiert, doch gestört hatte es ihn erst später. Außerdem hat die andere Frau eine schöne Stimme, das macht viel aus.

Sie schaut ihn über den Tassenrand an. Er würde gern wissen, was sie denkt. Nicht jetzt, sondern überhaupt. Was sie in ihm sieht, was sie an ihm liebt und was nicht. Was weiß sie überhaupt von ihm. Sie weiß, was er macht und wie er lebt, was ihn bewegt und was ihn langweilt. Sie kennt seinen Musikgeschmack und weiß, welche Filme er mag. Und dass er sich für Physik interessiert und für Mathematik. Dass er nicht gern liest und nie zum Arzt geht. Dass er seine Tochter liebt und seine Frau. Doch was sie über ihn denkt, weiß er nicht. Und will er das wissen? Ja, vielleicht. Nein, eigentlich nicht. Es ist gut, wie es ist. Und umgekehrt? Sie ist da, sie hinterfragt nichts, jedenfalls nicht mehr. Am Anfang wollte sie alles wissen: Über seine Frau und die Frauen davor und wie er sich ihre gemeinsame Zukunft vorstellt. Er hat gesagt, sie solle aufhören damit, also hörte sie damit auf. Vielleicht hat sie gedacht, besser so als gar nicht. Und was weiß er von ihr? Dass sie gern Sängerin geworden wäre, aber sich nicht für begabt genug hält. Dass es ihr an Ehrgeiz fehlt. Dass sie viele Träume hatte und keinen davon gelebt bis jetzt. Dass sie viele Männer hatte, aber die große Liebe war nie dabei. Und will er mehr von ihr wissen? Ja, vielleicht. Nein, es ist gut, wie es ist.

Er lächelt. Sie lächelt zurück.

»Ich muss los«, sagt er.

»Ich weiß«, sagt sie.

*

Toni steht vor ihrem Spind. Der Inhalt ist übersichtlich, sie trägt eigentlich immer dasselbe: Latzhose und die schweren Boots, im Sommer T-Shirt, im Winter Pullover. Ihre Rüstung. Es gab mal eine Zeit, da hat sie auch ein Kleid getragen, aber das war mit Karl und ist lange her. Sie waren zusammen in diesem Laden, und er hatte sie überredet, ein Kleid anzuprobieren. Dunkelblau mit weißen Punkten. Und als sie sich darin im Spiegel sah, und er hinter ihr stand, begriff sie plötzlich, dass er der Einzige war, der sie wirklich sehen konnte. Sie kaufte das Kleid und trug es, bis sie nicht mehr ertragen konnte, dass er sie sah. Danach legte sie wieder ihre Rüstung an.

Heute nicht, denkt sie. Heute ist ein anderer Tag. Sie hebt die Kiste vom Schrank, in der ihre Vergangenheit wohnt. Die Geburtsurkunde, das Fotoalbum, ihr Lieblingskinderbuch, die perlmutterne Zigarettenspitze ihrer Oma, die Kette aus Spielzeugperlen, eine leere Bierflasche und die Armbanduhr, die sie von ihrem Vater zum achtzehnten Geburtstag bekommen und die sie seit sieben Jahren nicht mehr getragen hat. Und ganz unten, sorgfältig zusammengelegt, das dunkelblaue Kleid mit den weißen Punkten. Sie zieht es an, nimmt den Spiegel über der Spüle mit nach draußen, stellt ihn auf die Stufen und geht ein paar Schritte zurück, um sich zu betrachten. Anerkennendes Pfeifen vom Gerüst gegenüber.

»Nicht schlecht, Herr Specht!«, sagt der eine Bauarbeiter.

»Is ja doch ein Mädchen!«, staunt der zweite.

»Schon was vor, heute Abend?«, will der dritte wissen.

»Klar«, gibt Toni trocken zurück. »Is aber nur für Erwachsene.«

Sie nimmt den Spiegel, geht wieder hinein, steckt die Zeichenmappe ein, zieht die Lederjacke über und hält plötzlich inne. Ihr Portemonnaie. Es ist nicht da. Bei Ringo vergessen. Verdammt, denkt sie, schnappt ihre Tasche und steigt aufs Moped.

*

Alex steht im Bus, der ihn zum Bahnhof bringt. Graue Morgengestalten, keiner redet, keiner lächelt. Ihm gegenüber zwei Jungs, vielleicht Anfang zwanzig. Aneinandergelehnt, die Augen geschlossen. Überlebende der Nacht, vielleicht nur zufällig beisammen, vielleicht ein Liebespaar. Ich könnte nie mit einem Mann zusammen sein, denkt Alex. Aber man soll nie nie sagen. Er hatte mal einen Kollegen, der war verheiratet und hat plötzlich bemerkt, dass er auf Männer steht. Na ja, so plötzlich wird es wohl nicht gewesen sein. Vielleicht hatte er's verdrängt oder wollte es nicht wahrhaben, gibt's ja auch. Jedenfalls hat er sich scheiden lassen und ist mit einem Mann zusammengezogen. Sie haben sogar ein Kind adoptiert. Soll ja jeder machen, was er will, für ihn wäre das nichts. Und er mit seinen zwei Frauen, das ist ja auch nicht ohne. Stolz ist er nicht darauf, ganz und gar nicht. Da hätte der Kollege, der den Kosmos organisiert hat, auch etwas präziser sein können bei der Verteilung auf die verschiedenen Universen. Eine Frau in diesem und die andere in einem Paralleluniversum. Er ist überzeugt, dass es das gibt. Da sind sich sogar Wissenschaftler ziemlich sicher inzwischen. Die sagen, wenn der Weltraum unendlich sei, müssten darin auch die unwahrscheinlichsten Dinge möglich sein. In einem unendlichen Raum müsse es also auch unendlich viele bewohnte Planeten geben, und da wiederum sei die Wahrscheinlichkeit ziemlich hoch, dass es dort Leute gab, die nicht nur ein Abbild von uns sind, sondern sogar dieselben Erinnerungen haben, mit denen sie jedoch andere Entscheidungen treffen. Also man selbst in unendlich vielen Varianten. Doch was nützt einem dieses Wissen. Interessant wäre es ja nur, wenn man sich gegenseitig besuchen könnte. Dann würde ihm ein anderes Ich vielleicht einen guten Rat geben. Oder auch einen falschen. Vielleicht könnte man für eine Weile sogar tauschen und das Leben des anderen leben. Ohne die verdammte eigene Geschichte. Oder mit den Erfahrungen der eigenen Geschichte, aber ohne die Konsequenzen daraus. Und wieso kann er um diese Zeit schon über so etwas nachdenken.

Der Bus hält, Fahrkartenkontrolle. Alex hat einen Fahrschein. Er ist gespannt, wer von den Leuten in dieser Version ihres Lebens keinen hat.

*

Als Toni die Kneipe betritt, ist Ringo gerade dabei, die Stühle runterzustellen. Amsel lungert wie immer vor dem Tresen herum, und wie immer springt er auf und kommt schwanzwedelnd zu Toni gelaufen.

»Morgen, Amsel. Morgen, Ringo.«

»Toni-Kind, Morgen! Hast was vergessen gestern, wie? Liegt unter der Theke, das gute Stück. Hast du's eilig oder trinkst du noch 'nen Kaffee mit mir, ist gerade fertig.«

»Nee, muss gleich weiter.«

51

»Na klar, Kleines. Dann mach mal.«

Toni geht hinter den Tresen und steckt das Porte-monnaie ein.

»Wann geht's denn los nach Neufundland?«

»Neuseeland, Ringo, Neuseeland.«

»Sag ich doch. Also wann?«

»Mal seh'n. Bald.«

»Mal sehen bald ist ja die beste Zeit zum Reisen.«

»Find ich auch. Mach's gut, Ringo.«

Toni steigt wieder auf ihr Moped.

*

Alex läuft über den Bahnhofsvorplatz und denkt über den Fahrkartenkontrolleur nach. Kurz bevor er die beiden Jungs kontrollieren wollte, bekam er einen Anruf. Er hat ganz erschrocken ausgesehen, kreidebleich ist er geworden und ganz verwirrt ausgestiegen. Irgendetwas musste passiert sein. Etwas Schlimmes. Oder vielleicht auch nur etwas Unerwartetes. Er wird es nie erfahren.

*

Wir auch nicht. Und hatten die Jungs einen Fahrschein? Einer ja, der andere nein. Wäre der Anruf nicht gekommen, hätte es also Ärger gegeben. Der Junge ohne Fahrschein hätte sich mit dem Kontrolleur angelegt. Er solle sich nicht so haben. Ein Wort hätte das andere gegeben, worauf der Kontrolleur ihn mit seinem Kollegen an der nächsten Station aus dem Bus geschleift hätte. Sein Freund hinterher, hätte versucht zu vermitteln, aber ohne Erfolg. Sie hätten die Polizei gerufen, der Delinquent hätte die Flucht ergriffen. Befragt, wer der Junge sei, hätte der andere gesagt, das könne er nicht sagen, sie hätten sich gerade erst kennengelernt, was eine Lüge gewesen wäre, weil die beiden sich schon zwei Tage kannten. So hätte es gewesen sein können. Aber vielleicht auch ganz anders, wer weiß. 7.39 Uhr.

*

Auf dem Weg zum Bahnhof hat Alex den Fahrkartenkontrolleur schon wieder vergessen. Er hat noch etwas Zeit und geht zum Kiosk, um sich ein belegtes Brötchen zu kaufen. Vor ihm in der Schlange steht ein Anzugträger und telefoniert. Sein Ton ist bemüht autoritär, doch er kann keinen Satz vollenden, weil ihn die Person am anderen Ende der Leitung immer wieder zu unterbrechen scheint. Armer Kerl, denkt Alex. Hat nichts zu melden bei seinen Leuten. Als der Mann dran ist, weiß er nicht, was er will. Die Verkäuferin wird ungeduldig, Alex auch, sein Zug fährt in fünf Minuten. Der Anzugmann entscheidet sich schließlich für ein Käsebrötchen und eine Zuckerschnecke und will mit einem großen Schein bezahlen. Die Verkäuferin schüttelt den Kopf.

»Kann ich nicht wechseln.«

»Aber Sie werden doch …«

»Nee, kann ich nicht wechseln.«

»Warten Sie, vielleicht …« Umständlich klemmt er seine Aktentasche unter den Arm und sucht in seinen Hosentaschen nach Kleingeld. Ohne Erfolg.

»Junger Mann, hier sind noch andere Kunden«, kommt eine gereizte Stimme aus der Schlange. Alex schaut sich um. Eine Frau in seinem Alter. Sie kommt ihm bekannt vor, doch er kann sich nicht erinnern und dreht sich wieder um. Der Anzugmann ist ganz aufgelöst und weiß nicht, was er machen soll. Die Verkäuferin zieht die Augenbrauen hoch und wendet sich Alex zu. »Was bekommen Sie?« Er bestellt ein Salamibrötchen, bezahlt passend und geht. Nach ein paar Schritten dreht er sich noch einmal um. Der Anzugmann sieht unfassbar traurig aus, wie er da so am Kiosk steht. Armer Kerl, denkt Alex. Aber selber schuld.

*

Toni fährt die Landstraße entlang, wenig Verkehr. Dann vor ihr ein Traktor. Viel zu langsam, sie ist schon spät dran. Die Strecke ist kurvig, hin und wieder ein Auto, das ihnen entgegenkommt. Noch eine Kurve, dann kann sie vorbei. Ihr Puls geht schnell, viel zu schnell. Der Bauer grüßt sie, sie winkt hastig zurück und lässt ihn hinter sich. Unter ihrem Helm juckt jede einzelne Haarwurzel. Das ist immer so, wenn die Panik kommt. Sie würde gern anhalten und sich den Kopf kratzen, doch es geht nicht. Nicht drüber nachdenken. Weiterfahren und nicht denken. Weiterfahren und nach vorne gucken.

*

Alex steht am Bahnsteig. Sein Zug hat fünf Minuten Verspätung. Er setzt sich auf eine Bank und holt das Brötchen aus der Tüte. Fünf Minuten sind nichts, denkt er. Wenn er im Krankenhaus ankommt, ist seine Tochter sowieso noch nicht wach. Und fünf Minuten weniger, die er sich die Vorwürfe seiner Frau anhören muss. Ihn fröstelt. Die Temperaturen sind über Nacht empfindlich gefallen. Die Frau, die ihm eben bekannt vorkam, betritt den Bahnsteig, einen Kaffeebecher in der Hand. Alex weiß noch immer nicht, woher er sie kennt, und schaut lieber weg. Nichts ist so unangenehm wie Erkennen vortäuschen. Sie geht an ihm vorbei und bleibt ein paar Meter weiter stehen, so dass er ihr Profil betrachten kann. Auffallend große Nase, wenig Kinn, und plötzlich fällt es ihm ein. Sie war auf seiner Schule. Eine Klasse unter ihm, nicht sehr hübsch, aber frühreif. Hat seinen besten Freund entjungfert. Er selbst war Spätzünder und sollte noch drei Jahre warten bis zum ersten Sex. Die Frau war fünfzehn Jahre älter als er und sah ein bisschen aus wie Anita Ekberg. Erst hat sie ihm einen runtergeholt und ihm dann alles andere beigebracht. Am letzten Tag sagte sie: »Du warst ein guter Schüler. Jetzt geh raus

55

spielen.« Zwei Monate hat er gelitten, dann ist er spielen gegangen. Lange her. Der Zug kommt. Die Frau am Bahnsteig wirft ihren Kaffeebecher weg und steigt ein. Alex überlegt kurz und nimmt denselben Waggon.

*

Toni fährt über die Landstraße und friert. Sie hätte doch lieber Hosen anziehen sollen, wirklich bekloppt. Sie könnte schnell was kaufen irgendwo. Aber dann kriegt sie den Zug nicht mehr. Egal, wird schon gehen. An was anderes denken. Sie versucht, sich die Verlagsfrau vorzustellen. Sehr streng, mit Kostüm, Dutt und Brille. Vielleicht wie ihre Deutschlehrerin in der Schule, die immer nach altem Blumenkohl roch, obwohl sie noch gar nicht so alt war. Doch sie war nicht übel, hat sie auch Bücher lesen lassen, die nicht im Lehrplan standen. Abgedrehtes Zeug von völlig unbekannten Leuten. Ein Buch mochte sie besonders. Es handelte von einem russischen Polarforscher, der sich im ewigen Eis verläuft und sich mit einem Eisbären anfreundet. So eine Art Robinson Crusoe, nur ohne Palmen. Leider mit traurigem Ende, der Mann erfriert am Ende doch. Und wenn sie nicht bald da ist, wird sie auch erfrieren. Einfach so während der Fahrt zur Eisskulptur erstarren. Noch zwei Kilometer.

*

Alex sitzt im Zug. Er hat sich in Sichtweite der Frau gesetzt und stellt sich vor, was sie macht. Kleidung stilvoll, aber nicht exklusiv. Vermutlich Bürojob. Verheiratet? Er kann es nicht sehen, die Hand ist von einem Buch verdeckt. Der Umschlag in Mädchenfarben, vermutlich ein Liebesroman. Sie schaut auf, erst aus dem Fenster, dann zu ihm. Kurzes Zögern, dann ein Ausdruck des Erkennens und schließlich ein Lächeln. Er nickt ihr zu, sie weist mit dem Kopf Richtung Speisewagen und formt mit den Lippen das Wort Kaffee. Er nickt ein weiteres Mal, sie stehen auf und verlassen das Abteil.

*

Toni hat die kleine Stadt erreicht und ist völlig durchgefroren. Noch eine Viertelstunde, bis ihr Zug fährt – Zeit genug. Sie stellt ihr Moped vor einer Drogerie ab, greift sich eine Strumpfhose aus dem Regal und zieht sie gleich an. »So geht das aber nicht«, sagt die Frau an der Kasse. »Und ob das so geht«, sagt Toni, bezahlt und steigt wieder aufs Moped. Noch fünf Minuten.

*

Alex sitzt mit der Frau im Speisewagen, sie trinken Kaffee. Er fragt sie, ob sie sich noch an seinen Freund erinnere.

»Klar. Aber dich fand ich interessanter.«

»Interessanter?«

»Ja. Und du sahst besser aus.«

»Findest du?«

»Ja. Aber du wolltest mit Mädchen nichts zu tun haben, oder?«

»Na ja, ich war noch nicht so weit.«

»Ein Jammer.«

»Hm.«

Er findet sie langweilig und kann sich gar nicht mehr vorstellen, warum die Jungs damals so scharf auf sie waren.

»Und was machst du so?«, fragt er.

»Ich hab eine Immobilienfirma.«

»Nicht schlecht«, lügt er.

»Und du?«

»Bandmanager«, lügt er. Sie ist beeindruckt, will wissen, welche Band, er nennt den Namen. Nie gehört, was sie denn so für Musik machen. Rock. Ach na ja, das sei nicht so ihrs, sie höre lieber Schlager. So siehst du auch aus, denkt er und ärgert sich, dass er sich vorhin nicht woanders hingesetzt hat. Der Zug fährt in den nächsten Bahnhof ein. Er könnte vortäuschen, dass er aussteigen müsse, aber er bleibt sitzen.

*

Toni rennt durch die Bahnhofshalle zum Fahrkartenautomaten. Ein Teenagerpärchen steht davor und lässt sich Zeit. Toni sieht zur Anzeigetafel, der Zug hat ein paar Minuten Verspätung, sie könnte es schaffen, wenn die beiden mal aus der Hüfte kämen. Kommen sie aber nicht.

»Leute, ich hab's eilig. Könnt ihr mal machen?«

»Wir haben's auch eilig«, gibt das Mädchen schnippisch zurück, während sich der Junge weiter am Bildschirm zu schaffen macht. Blöde Kuh, denkt Toni. Irgendwann sind die beiden fertig, Toni zieht ihre Fahrkarte und rennt auf den Bahnsteig. Zu spät, der Zug fährt gerade los. Toni stampft auf. Scheißtag, denkt sie.

*

Alex schaut aus dem Fenster und überlegt, mit welcher Ausrede er am besten von der Frau wegkommt, die ihn gerade mit Details über ihr letztes Immobiliengeschäft langweilt. Der Zug setzt sich in Bewegung. Eine junge Frau in gepunktetem Kleid und Lederjacke kommt auf den Bahnsteig gestürmt und stampft wütend mit einem ihrer schweren Stiefel auf. So ein Pech, denkt Alex. Aber den Zug hätte ich jetzt auch gern verpasst.

*

Toni sucht in der Bahnhofshalle nach einer Telefonzelle, um der Verlagsfrau zu sagen, dass sie sich um eine Stunde verspäte. Keine Telefonzelle weit und breit. Sie fragt im

Café: Wir sind schließlich kein Postamt. Beim Bäcker: Sehen Sie hier vielleicht ein Telefon? Beim Frisör: Wo kämen wir denn da hin. Schließlich steht sie vorm Sexshop. Auf keinen Fall, denkt sie. Mit siebzehn hat sie bei ihrer Mutter mal einen Vibrator im Nachttisch gefunden. Das fand sie ekelhaft. Sie wollte sich ihre Mutter nicht damit vorstellen, aber das Bild wurde sie nie wieder los. Als sie später irgendwann wütend auf sie war, hat sie den Vibrator geklaut und bei sich versteckt. Zwei Wochen später lag ein neuer im Nachtschrank.

Toni steht vor dem Laden. Sie war noch nie in einem Sexshop. Aber was soll's, es gibt immer ein erstes Mal. Sie geht hinein.

*

Alex sitzt noch immer der Frau gegenüber und heuchelt Interesse. Er hasst sich dafür, doch was bleibt ihm anderes übrig. Zu sagen, was er denkt, war noch nie seine Stärke. Augen zu und durch, damit ist er immer gut gefahren. Und faule Kompromisse, damit kennt er sich aus. Mit faulen Kompromissen und falschen Entscheidungen.

»Hörst du mir überhaupt zu?«, fragt die Frau misstrauisch.

»Ja klar«, sagt er. »Hawaii.«

Er möchte nur noch weg.

»Genau, und was ist mit Hawaii?«, will sie wissen.

Dieser Kontrollton, zum Kotzen.

»Da machst du Urlaub im Winter.«

Er mag vielleicht ein Kompromissler und Feigling sein, aber er kann zuhören und gleichzeitig an etwas anderes denken. Kann nicht jeder.

»Wie wär's mit einem Cognac«, schlägt sie vor. »Auf unser Wiedersehen.«

O Gott, denkt er.

»Ja, warum nicht. Gute Idee.«

*

Toni steht an der Kasse des Sexshops. Die Verkäuferin – eine quadratische kleine Frau in quietschgelbem Pullover mit schwarzem Paillettenherz – bedient gerade einen großen, übergewichtigen Mann, steckt eine DVD in eine Tüte und schiebt sie über den Tresen. Toni stellt sich neben ihn, er wirft ihr einen erstaunten Blick zu, steckt die Tüte schnell in seinen Aktenkoffer und verschwindet.

»Und was kann ich für dich tun, Kindchen?« Die Verkäuferin mustert Toni mit prüfendem Blick. »Du bist doch noch nicht mal volljährig, oder?«

Toni hat sich inzwischen daran gewöhnt, dass sie für wesentlich junger gehalten wird als fünfundzwanzig. Das liegt an den kurzen Haaren. Es würde noch eine Weile dauern, bis sich das ändert.

»Ich will nix kaufen. Nur telefonieren. Haben Sie Telefon?« Die Verkäuferin zieht die Augenbrauen hoch. »Seh ich vielleicht aus wie 'ne Telefonzelle?«

Irgendwie schon, denkt Toni und kann sich ein Grinsen nicht verkneifen. »Und sind wir hier im Lachkabinett?«, will die Verkäuferin wissen. »Nö, ich dachte ja nur«, sagt Toni schulterzuckend und wendet sich zum Gehen. »Nun warte mal, Herzchen. Komm mal mit nach hinten.« Toni folgt ihr in ein winziges Zimmerchen hinter dem Verkaufsraum. Die Verkäuferin holt ein Telefon aus der Handtasche und reicht es ihr. »Aber nicht nach Honolulu oder so was, klar?«

»Klar«, sagt Toni. »Danke.«

Die Frau verschwindet, Toni holt einen Zettel aus ihrem Portemonnaie und wählt die Nummer der Verlagsfrau. Kurz darauf meldet sich die Sekretärin. Eine Stunde später? Das sei aber ganz schlecht, da gäbe es schon einen anderen Termin. Erst am Nachmittag wieder. Um drei. Aufgelegt. Toni wählt die Nummer ihres Vaters.

*

Alex nippt an seinem zweiten Cognac. Die Frau will wissen, wohin er unterwegs sei. Zu seiner Tochter. Blinddarm, Krankenhaus. Ach, na so ein Zufall, sie wolle auch ins Krankenhaus, eine Freundin besuchen. Auch das noch, denkt Alex. Was sie denn habe, fragt er. Autounfall. Sie sei mit dem Fahrrad unterwegs gewesen, ein Autofahrer habe nicht aufgepasst und sie beim Abbiegen gerammt, sie sei gestürzt, der Typ sei einfach weitergefahren, das müsse man sich mal vorstellen. Alex wird übel. Diese Geschichte, er will sie nicht hören.

»Was ist mit dir, du bist plötzlich so blass?«

»Nichts weiter, schon gut.«

»Noch einen Cognac?«

»Ja, vielleicht … nein, lieber nicht.«

»Okay, jedenfalls macht der Fahrerflucht, aber zum Glück hat sich jemand seine Nummer aufgeschrieben, der kriegt ein fettes Verfahren.«

Dann hat er's hinter sich, denkt Alex. Ein für alle Mal. Die Frau bestellt sich den dritten Cognac, Alex ordert Espresso.

»Ich versteh solche Leute nicht«, sagt die Frau. »Man kann doch nicht einfach weiterfahren und die Frau da liegenlassen. Das ist doch unglaublich!«

Warum muss ich ausgerechnet diese Tante treffen, denkt Alex. Murphys Gesetz.

»Murphys Gesetz«, sagt er.

»Wie bitte?«

»Alles, was schiefgehen kann, geht schief.«

»Versteh ich jetzt nicht. Was hat das damit zu tun?«

»Na ja, der Zufall wollte, dass die Frau gerade da langgefahren ist, als der abbiegen wollte. Und dann ist er abgehauen, und einer hat ihn gesehen. Murphys Gesetz eben.«

»Es gibt ein Gesetz, das einem erlaubt, ein Arschloch zu sein?«

Der Kopf der Frau ist jetzt sehr rot. Alkohol oder Erregung. Vermutlich beides.

»Vielleicht war er auch in einer Notsituation«, fährt Alex fort. »Vielleicht konnte er einfach nicht anhalten. Vielleicht –«

»Was?!«, unterbricht ihn die Frau. »Ich verstehe nicht, wie du für so ein Schwein Partei ergreifen kannst!«

»Ich versuche nur, eine mögliche Erklärung zu finden. Ihn zu verstehen …«

»Das kann ja wohl nicht wahr sein!«, schnaubt die Frau und starrt ihn fassungslos an. »Was um alles in der Welt gibt es da zu verstehen?«

Alex stürzt seinen Espresso hinunter, dann steht er abrupt auf und stürzt aus dem Abteil.

*

Toni schlendert durch den Bahnhofsbuchladen. Vielleicht würde hier irgendwann auch mal ihr Winterkind stehen, das wäre toll. Und alles wegen Hutmann. Als der im Sommer ihre Strichleute gesehen hat, war er ganz aus dem Häuschen und hat von dieser Verlagsfrau erzählt, die er kenne. Toni hat sich gefreut, aber so richtig ernst genommen hat sie das nicht. Doch dann hat sich die Frau bei ihr gemeldet, weiß der Fuchs, wie er das angestellt hat. Aber dafür ist er nicht wiedergekommen, obwohl er's versprochen hat. Hutmann Wunderlich, denkt sie. Du hättest so schön mein großer Bruder sein können.

Oder mein bester Freund. Oder noch mehr. Das hat bis jetzt nur Karl geschafft. Aber der war in einem anderen Leben. Nach der Sache damals hatte Karl ihr immer erklären wollen, dass sie nicht schuld gewesen sei. Dass das Leben manchmal einfach ein Arsch sei. Und er hat jeden zweiten Satz mit »du musst« angefangen. Du musst nach vorne gucken. Du musst aufhören, dich zu quälen. Du musst mal wieder unter Leute. Du musst mit deiner Mutter reden. Du musst dies und du musst jenes. Nein, das war nicht in einem anderen Leben, das war in diesem Leben. Und dieses Leben ist nun mal ein Arsch. Oder war's zumindest, bis Hutmann aufgetaucht ist. Mit ihm hat sie das Blauharz gefunden in dieser bekifften Nacht im Garten …

*

Blauharz: Substanz, die nur äußerst selten zu finden ist und der Legende nach in klaren Neumondnächten aus einem einzigen, vorher nicht bestimmbaren Baum austritt. Seinen Namen verdankt das Harz seiner leuchtend blauen Farbe, sein Geruch erinnert an nassen Hund. Dem Blauharz wird magische Wirkung nachgesagt. So soll es binnen Minuten äußere Verletzungen heilen können. Trägt man es auf eine frische oder vernarbte Wunde auf, wird diese geheilt. Sogar Operationsnarben verschwinden. Allerdings verfügt das Blauharz auch über eine nicht zu unterschätzende Nebenwirkung: Wer eine Wunde oder Narbe damit behandelt hat, verliert auch die Erinnerung an die Ursache der Verletzung. Wer gestürzt ist, vergisst den Sturz und auch, wie es dazu kam. Wer die Substanz auf eine Operationsnarbe aufträgt, wird sich nicht mehr an den Grund für und die Zeit vor der Operation erinnern. Doch das Blauharz heilt nicht nur äußere, sondern auch innere Verletzungen, wobei in diesem Fall die Nebenwirkungen fatal sein können. Bekannt wurde der Fall eines Mannes, der Blauharz im Wald fand und damit herumexperimentierte. Nachdem er verschiedene äußere Verletzungen geheilt hatte, schluckte er es, um herauszufinden, ob die Substanz auch gegen innere Verletzungen wie Beleidigungen, Kränkungen und Demütigungen helfe. Das tat sie, allerdings vergaß der Mann nicht nur die Verletzung, sondern auch den Grund dafür und sogar die Person, die ihn gedemütigt oder gekränkt hatte. Innerhalb kürzester Zeit vergaß er auf diese Weise nicht nur Vorgesetzte und Kollegen, sondern sogar enge Freunde und Familienmitglieder. Und weil er auf sich selbst auch nicht besonders gut zu sprechen war, verlor der Mann schließlich den Verstand, wurde irgendwann völlig verwildert im Wald gefunden und in die geschlossene Psychiatrie eingewiesen. Schlimme Sache.

*

Die bekiffte Nacht im Garten also. Da hat Wunderlich sie nach der Narbe am Kopf gefragt. Kleiner Unfall, sagte Toni damals, und dass sie sich mit dem Auto überschlagen habe. Stimmt ja auch, war aber nur die halbe beschissene Wahrheit. Und dann haben sie das Blauharz am Apfelbaum gefunden. Wunderlich hat's zuerst gesehen, wusste aber nicht, was es ist. Und nachdem sie ihm die Geschichte von dem Typen im Wald erzählt hat, wollte er's gleich ausprobieren. Sich am See nicht nackig ausziehen wollen, aber den Helden spielen. Obwohl das Zeug mörderisch nach nassem Hund gestunken hat. Sie haben es auf seine Wunde am Fuß geschmiert, die er sich am See geholt hatte, muss extrem gebrannt haben, aber nach ein paar Minuten war die Wunde weg. Als wär nichts gewesen. Er wusste dann zwar noch, dass sie am See waren, aber dass er sich den Fuß aufgerissen hat, wusste er nicht mehr. Komisch. Und dann hat er sie gefragt, ob sie sich nicht was davon auf die Narbe am Kopf schmieren wolle. Nein. Warum denn nicht? So einen Unfall könne man doch auch vergessen, sei doch nichts dabei. Nein, er solle sie in Ruhe lassen. Und dann hat sie geheult wie ein Schlosshund, und er hat sie in den Arm genommen. Da hatte sie plötzlich einen großen Bruder. Und dann war er weg. Blödmann Hutmann, denkt Toni und verlässt den Buchladen.

*

Alex presst den Kopf an die kühle Scheibe der Zugtür. Was war nur in ihn gefahren. Teufel Alkohol, denkt er. Was wird die Frau jetzt denken. Dass er ein Idiot ist. Na ja, ist er ja auch. In jeder Hinsicht. Er will nicht zu ihr zurückgehen, doch seine Jacke liegt noch da.

»Was war denn los?«, fragt die Frau. Sie sieht jetzt fast ein wenig besorgt aus. Aber das macht vermutlich auch der Alkohol.

»Nichts, ich musste nur an was denken.« Halt die Klappe, Alex. Halt bloß die Klappe.

»Ach. An was denn?«

Alex lässt sich erschöpft auf seinen Sitz fallen.

»Nichts weiter. Alte Geschichte. Schon gut.«

»Ach komm«, sagt die Frau und legt die Hand auf seinen Arm. »Wir reden alle mal Unsinn, nun erzähl schon.«

Er holt Luft. Dann erzählt er.

*

Toni hat noch zehn Minuten Zeit, bis ihr Zug kommt. Sie kauft sich einen Kaffee und setzt sich auf den Bahnsteig. Die Sonne scheint, es ist nicht mehr ganz so kalt. Ein Flaschensammler inspiziert den Mülleimer neben der Bank. Er zieht eine Bierflasche heraus und steckt sie in seinen Beutel. Ihre Blicke treffen sich, er grinst sie an, sie grinst zurück.

»Schöner Tag heute, was?«, sagt er und setzt sich neben sie auf die Bank.

»Findste?«

»Ja. Findste nich?«

»Doch.«

»Hübsches Kleid«, sagt er. »Aber bisschen luftig für die Jahreszeit, oder?«

»Hm.«

»Haste vielleicht bisschen Kleingeld übrig?«

Toni kramt in der Tasche ihrer Lederjacke und hält ihm zwei Münzen hin.

»Danke, Mädchen«, sagt der Mann und nimmt das Geld. Dann streckt er die Füße aus und legt den Kopf nach hinten. »Guck mal da oben«, sagt er und zeigt zum Dach des Bahnsteigs. »Der Vogel.«

»Seh keinen.«

»Musst genau gucken! Der is ganz klein!«

»Ein Spatz.«

»Nee, 'ne Nachtigall.«

»Quatsch.«

»Doch, ich kenn die. Die wohnt hier.«

»Nachtigallen wohnen doch nich in Bahnhöfen.«

»Warum nich, ich wohn ja schließlich auch hier.«

»Du wohnst hier?«

»Klar«, sagt der Mann. »Lässt sich aushalten, und man trifft 'ne Menge interessante Leute.«

»Und woher weißt du, dass das 'ne Nachtigall is?«

»Ich kenn mich aus mit Vögeln«, sagt der Mann ernst. »Und die singt sogar manchmal.

»Echt? Hier im Bahnhof?«

»Klar.«

»Abgefahren«, sagt Toni.

»Vielleicht ist die rausgeflogen zu Hause.«

»Die Nachtigall?«

»Ja. Vielleicht hat ihre Olle sie rausgeschmissen.« Er

richtet sich auf und sieht jetzt sehr nachdenklich aus. »Klingt irgendwie komisch. Is ja ein Kerl. Müsste dann eigentlich *der* Nachtigall heißen. Na, egal. Jedenfalls hat ihre Olle den rausgeschmissen so wie meine Olle mich rausgeschmissen hat. Wohn' wir jetz eben im Bahnhof, wir zwei Hübschen.«

Toni betrachtet den Vogel, der auf einer der Metallstreben sitzt und die Szenerie auf dem Bahnsteig zu beobachten scheint. Dann plustert er sich auf und fliegt weg.

»Kommt gleich ein Zug«, sagt der Mann auf der Bank. »Das spürt der und haut ab. Vielleicht wegen dem Zugwind, oder so. Ist sozusagen ein Zugvogel, der Vogel.«

»Ist dann sozusagen auch mein Zug«, sagt Toni.

»Wenn das so ist«, sagt der Mann und erhebt sich von der Bank. »Dann geh ich mal lieber, ich mag keine Abschiede.«

Er zwinkert ihr zu, dreht sich um und geht. Tonis Zug fährt ein.

*

Alex ist fertig mit seiner Rede. Die Frau nimmt den letzten Schluck aus ihrem vierten Cognacglas und schüttelt traurig den Kopf. »Was für eine Geschichte«, sagt sie. »Wie dein Freund so lange damit leben konnte. Und warum hat er dir das erzählt nach all der Zeit?«

»Er war ... betrunken.«

»Betrunken.« Sie schaut auf ihr leeres Glas. »Ich bin noch nicht betrunken, aber das wird schon. Und hat nicht jeder so eine Geschichte?«

Meine war eine verkleidete Wahrheit in der dritten Person, denkt Alex. Deine Geschichte wird wahr sein. Erzähl sie mir nicht. Halt die Klappe. Bitte.

»Du auch?«, hört er sich sagen.

Sie nickt mechanisch. Ja, sie auch. Und das sei noch gar nicht so lange her. Sie sei schwanger gewesen. Ihr Mann habe sich schon so lange ein Kind gewünscht, aber es habe nie geklappt. Und dann war sie plötzlich doch schwanger. Ihr Mann war ganz aus dem Häuschen, sie hat ihn noch nie so glücklich gesehen. Sie selbst hatte sich das einfach nicht vorstellen können, doch das habe sie ihm nie gesagt, sondern gute Miene zum bösen Spiel gemacht.

»Gute Miene zum bösen Spiel«, wiederholt sie betreten und starrt auf ihr leeres Glas. »Das habe ich eben wirklich gesagt, oder?«

»Ja.«

Sie schüttelt den Kopf. Jedenfalls sei sie im zweiten Monat gewesen, als sie sich entschlossen habe, das Kind nicht zu bekommen. Doch sie konnte ihrem Mann das nicht antun, also ist sie heimlich in die Klinik gegangen und hat den Abbruch gemacht. Ihrem Mann erzählte sie, sie habe das Kind verloren. So habe sie aus dem glücklichsten Mann der Welt von einer Sekunde zur anderen den unglücklichsten gemacht.

Sie hebt den Blick, ihre Augen sind voller Wasser.

»Das hab ich noch nie jemandem erzählt.«

»Hm.«

»Du bist der Erste.«

»Ja.«

»Und … was sagst du?«

»Was soll ich dazu sagen.«

»Ich bin ein schlechter Mensch, oder?«

»Ich weiß nicht.«

»Du weißt nicht?«

»Ich glaube nicht an gut oder schlecht. Wir machen Fehler, das ist alles.«

»Ja, aber wenn man das Leben eines anderen Menschen zerstört, dann ist man doch ein schlechter Mensch. Dein Freund hat ein Kind auf dem Gewissen und ich auch. Er ist schlecht, und ich bin schlecht.«

Nein, ich bin schlecht, denkt Alex.

»Du solltest nicht so streng mit dir sein«, sagt er und reicht der Frau ein Taschentuch. »Willst du noch einen Schnaps?«

*

Toni sitzt im Zug und schaut aus dem Fenster. Ihr Vater würde sie vom Bahnhof abholen. Eigentlich okay, dann hat sie das hinter sich. Sie weiß nicht, worüber sie mit ihm reden soll, gibt ja nichts zu erzählen. Als sie sich das letzte Mal gesehen haben, sind sie im Streit auseinandergegangen. Ist schon ein paar Jahre her. Er besuchte sie in ihrem Wohnwagen, ist ganz plötzlich aufgetaucht und wollte wissen, wie sie so lebt. Sie war stolz auf ihr Leben, stolz darauf, allein klarzukommen und auf niemanden angewiesen zu sein. Fand er auch gut, doch dann hat er angefangen, an ihr rumzuzerren. Warum sie keine Ausbildung mache, was Vernünftiges lerne, so könne man doch auf Dauer nicht leben, und dass sie an ihre Zukunft denken müsse. Ausgerechnet ihr Vater, von dem sie immer dachte, er sei cooler als die ganzen anderen Spießerväter. Hat sie ihm auch genauso gesagt. Na gut, müsse sie ja selber wissen, aber er sei für sie da, wenn sie ihn brauche. Hat sich umgedreht und ist abgezogen. Danach hat sie sich scheiße gefühlt. Mal wieder. Warum sollte das Gespräch heute anders laufen, hat sich ja nichts geändert seitdem. Andererseits, ihr Vater … er hat ihr im Garten das Baumhaus gebaut, er hat den Verweis unterschrieben, nachdem sie zum x-ten Mal geschwänzt hatte, es war ihr Geheimnis. Er hat sie in Schutz genommen, als sie das erste Mal bekifft nach Hause gekommen ist, und er war der Erste, der damals bei ihr im Krankenhaus war, nach dem Unfall. Sieben Jahre her.

Sie hat ihn zuerst an seinem Geruch erkannt. Seit er mit dem Rauchen aufgehört hatte, lutschte ihr Vater immer einen dieser scharfen Pfefferminzbonbons. Er saß an ihrem Bett und hat ihre Hand gestreichelt. Und sie weiß noch ganz genau, was danach war. Sie kann sich an jede Sekunde und jedes Wort erinnern.

»Da bist du ja wieder, meine Kleine.«

Er sah so unendlich müde aus.

»Papa … ich hab … was is mit –«

»Pssst«, unterbrach er sie und drückte sacht ihre Hand. »Der Arzt hat gesagt, du sollst dich ausruhen.«

»Nein … ich muss … was is mit Mark?«

Ihr Vater ließ ihren Arm los und stand auf.

»Stell dir vor, ich war neben dir eingeschlafen, so was aber auch.« Er streckte sich demonstrativ. »Hast du Durst? Der Arzt hat gesagt, du darfst trinken, wenn du aufwachst, ich sag der Schwester Bescheid, die bringt dir was.«

Er drehte sich um und ging zur Tür.

Mark ist tot, dachte Toni.

»Es geht ihm gut«, sagte sie so fest, dass es sie selbst erschreckte. »Mark geht's gut, stimmt's?«, wiederholte sie etwas leiser.

Die Hand auf der Klinke, schien ihr Vater wie in der Bewegung erstarrt.

»Papa?«

Er regte sich nicht. Etwas kämpfte sich schwer und dunkel durch Tonis Brust und schnürte ihr die Kehle zu.

»Papa …«

Keine Reaktion.

Sie starrte auf seinen Rücken, als könnte sie ihn damit zu einer Regung bewegen, doch ihr Vater schien nicht mal zu atmen. Er ist tot, dachte Toni.

Tot. Tot. Tot. Piepte der Apparat neben ihrem Bett.

»Papa!«

Als habe jemand die Fäden lockergelassen, fielen plötzlich seine Schultern nach vorn, sein Kopf sank auf die Brust, und die Hand rutschte von der Klinke. Langsam drehte er sich um, kehrte zu ihrem Bett zurück und ließ sich auf den Stuhl fallen.

Tot. Tot. Tot. Piepte der Apparat.

Ihr Vater sah sie nicht an, als er nach ihrer Hand griff. Seine war eiskalt.

Toni starrt aus dem Fenster. Warum gehen diese verdammten Bilder nicht weg. Warum hat sie nicht doch was von dem Blauharz behalten. Worüber soll sie mit ihrem Vater sprechen, es gibt nichts zu besprechen. Die Landschaft vor dem Fenster verschwimmt zu einem diffusen Strom.

*

Der Zug fährt im Bahnhof ein. Alex hilft der Frau in den Mantel. Sie schwankt ein wenig, er hält sie fest. Ob sie jetzt wirklich ins Krankenhaus wolle in diesem Zustand. Da habe er auch wieder recht, ob er sie nach Hause bringen könne. Nein, er müsse zu seiner Tochter, aber er bringe sie zu einem Taxi, und dann solle sie sich erst mal ausschlafen. Ihre Freundin sci morgen ja auch noch da. Schlechter Witz, denkt er. Guter Witz, sagt sie. Sie steigen aus, er begleitet sie zum Taxistand, er wartet, bis sie losgefahren ist, und schaut auf die Uhr. 10.52 Uhr.

Er könnte gleich ins nächste Taxi steigen, doch er wird lieber laufen. Er schickt seiner Frau eine Nachricht, dass er in einer halben Stunde da sei. Sie antwortet nicht.

*

Jemand tippt Toni auf die Schulter. Sie dreht sich um, vor ihr steht eine schwere Frau in Bahnuniform und schaut sie argwöhnisch an.

»Na, Fräulein? Glauben Sie, Sie können sich hier durch das Vortäuschen intensiver Schlaftätigkeit vor der Fahrkartenkontrolle drücken? Den Fahrausweis, wenn ich bitten darf.«

Toni zieht ihren Fahrschein aus der Jackentasche und reicht ihn der Schaffnerin. Sie hat dicke Hände mit falschen Fingernägeln, die jeweils einen schneebedeckten Berg mit Gipfelkreuz vor azurblauem Himmel zeigen. »Na also«, sagt die Frau mit einem Anflug von Enttäuschung, knipst den Fahrschein ab und gibt ihn Toni zurück. »Gute Fahrt!«

»Die einen sagen so, die andern so«, murmelt Toni, steckt den Fahrschein ein und widmet sich wieder der Landschaft vor dem Fenster. Sieht überall gleich aus hier, denkt sie. Wird Zeit, dass ich nach Neuseeland komme. Neuseeland, wo ihr Freund Ole lebt. Er hat sie eingeladen, sie könne bei ihm wohnen, sie müsse nur den Flug bezahlen. Das Geld hat sie bald zusammen, und wenn ihr Vater großzügig ist, kann sie nächsten Monat los. Neuseeland. Da ist jetzt schon fast Nacht. Und Sommer. Ole war gleich nach der Schule dahin abgehauen. Wollte so weit weg von seinem Alten, wie's nur ging. Und weiter als Neuseeland ging nicht. Hat sich mit Jobs durchgeschlagen und ist dann in irgendeinem gottverlassenen Kaff bei einem Farmer hängengeblieben. Und weil der niemanden hatte, hat er ihn aufgenommen wie seinen eigenen Sohn. Als er starb, hat Ole die Farm übernommen. Alpakas, ein paar Ziegen und Hühner. Und geheiratet hat er. Eine echte Maori, mit der er inzwischen drei Kinder hat. Zwei Jungs, ein Mädchen. Er hat ihr mal ein Foto geschickt – glückliche Familie vor glücklichen Alpakas. Und sie hat ihm eins zurückgeschickt – glückliche Toni vor glücklichem Wohnwagen.

*

Alex läuft durch die Stadt und bleibt vor den Auslagen eines Spielzeuggeschäfts stehen. Er könnte seiner Tochter etwas mitbringen. Die fünf Minuten hat er jetzt auch noch. Er betritt den Laden. Vielleicht eine Puppe, denkt er. Aber sie ist neun Jahre alt, spielt man da überhaupt noch mit Puppen? Er ist zu oft weg, um das zu wissen. Er stellt sich ihr Kinderzimmer vor: Ja, jede Menge Puppen, aber ob sie mit denen noch spielt … Wenn er einen Sohn hätte, wüsste er sofort, was er kaufen könnte. Diesen Metallbaukasten da zum Beispiel. Er kann sich noch genau daran erinnern, wie er sich gefreut hat, als er so einen mal zu Weihnachten bekommen hat. Wochenlang hat er damit gespielt, sich immer neue abenteuerliche Konstruktionen ausgedacht. Und er weiß auch noch, wie es ihm ging, als seine Mutter sich im Schlafzimmer einschloss, weil sie gerade herausgefunden hatte, dass ihr Mann sie mal wieder betrog. Vielleicht sollte er seiner Tochter schon deshalb keinen Metallbaukasten schenken. Wofür sich wohl eines seiner anderen Ichs in einem Paralleluniversum entscheiden würde? Und wenn der andere dieselbe Entscheidung träfe wie er, hätte das auch dieselben Konsequenzen für seine Tochter? Aber vielleicht hätte der andere Alex gar keine Tochter, sondern einen Sohn. Würde er ihm dann etwa eine Puppe kaufen?

Eine Verkäuferin holt ihn in die Realität zurück. Ob sie ihm helfen könne. Ja, er suche ein Geschenk für seine neunjährige Tochter. Da könne sie ihm einiges zeigen, sagt die Verkäuferin. Alex nickt dankbar und folgt ihr.

*

Toni betrachtet den Mann, der am letzten Bahnhof eingestiegen ist und ihr jetzt schräg gegenüber sitzt. Graues Haar, akkurat gestutzter Vollbart, Designerbrille, feiner Anzug, Angeberuhr. Geschäftsmann vermutlich. Er zieht ein Tablet aus der Aktentasche und wischt angestrengt darauf herum, bis er gefunden hat, was er sucht. Dann lehnt er sich zurück und starrt auf das Display.

Toni versucht sich vorzustellen, was er sieht. Sein ernsthafter Blick lässt vermuten, dass es sich um ernsthafte Dinge handelt. Vielleicht liest er Nachrichten oder informiert sich über den aktuellen Börsenkurs. Manchmal fallen ihm die Augen zu, so spannend kann es also nicht sein. Jetzt ist er eingenickt und lässt das Tablet sinken. Sie sieht den rhythmisch wippenden nackten Hintern einer Frau und die ausgestreckten Beine eines Mannes. Ein Porno. Wär schön, wenn die Schaffnerin jetzt vorbeikäme, denkt Toni grinsend und holt ihren Zeichenblock und die Stifte aus dem Rucksack. Sie skizziert ihr Gegenüber als müdes Strichmännchen, das unter der Last seiner viel zu großen Brille, seiner viel zu großen Uhr und seinem viel zu großen Tablet mit der Schwerkraft zu kämpfen hat. Ihre Zungenspitze wandert dabei konzentriert zwischen ihren Lippen hin und her.

*

Alex verlässt mit einem Paket das Spielzeuggeschäft und setzt seinen Weg fort. Die Verkäuferin war zwar unentschlossener als er selbst, doch er ist sich sicher, dass er am Ende die richtige Entscheidung getroffen hat und seine Tochter sich freuen wird. Seine süße kleine Anna. Die Sorge um sie wird jetzt von der Vorfreude überlagert, sie zu sehen. Sie in den Arm zu nehmen. Ganz vorsichtig, aber ganz groß und warm. Sicher soll sie sich fühlen. Sie soll wissen, dass er sie niemals im Stich lassen und nicht zulassen wird, dass ihr etwas Schlimmes passiert. Und gleichzeitig weiß er doch, dass das Blödsinn ist. Dass das Leben sich nicht darum schert, was einer sagt oder will. Das weiß er, das hat er selbst erlebt. Am eigenen Leib und als jemand, der schuld ist am Schmerz anderer. Ein Schmerz, den er ihnen niemals würde nehmen können. Weil die Zeit sich nicht zurückdrehen lässt, und weil niemand die Chance hat, ein anderes Leben zu führen als dieses. Dass die Paralleluniversen nur in seinem Kopf existieren und in mathematischen Formeln. Er steht an der Kreuzung und wartet auf Grün. Neben ihm eine alte Frau mit Rollator. Sie schaut konzentriert geradeaus. Vielleicht überlegt sie, wie wahrscheinlich es ist, dass sie es diesmal auf die andere Seite schafft, bevor die Ampel wieder rot wird. Die Ampel wird grün, die alte Frau schiebt ihren Rollator behutsam die Bordsteinkante hinunter, so als habe sie Angst, ihn zu verletzen. Als sei er es, der Hilfe benötigt, und nicht umgekehrt. Alex lässt die beiden hinter sich. Sie schafft es lässig, denkt er. Wenn ich mich umdrehe, hat sie es geschafft. Und wenn sie es schafft, wird alles gut. Er überquert die Straße, läuft zwanzig Meter weiter, dann dreht er sich um. Die Oma hebt die Vorderräder ihres Rollators gerade auf den Bordstein, als die Ampel wieder rot wird. Na also, denkt Alex. Fast ist so gut wie.

*

»Hier jemand zugestiegen?« Toni schaut erwartungsvoll der Schaffnerin entgegen. Der Geschäftsmann schläft noch immer, während die beiden Leute auf seinem Tablet nach wie vor bei der Sache sind. Die Frau hat sich inzwischen umgedreht und hockt jetzt auf dem Mann, als würde sie auf dem Klo sitzen. Ihre verschwitzten Brüste schaukeln in verschiedene Richtungen und sehen aus, als würden sie lieber woanders sein. Und die Augen der Frau sind ungefähr genauso weit aufgerissen wie ihr Mund, der ungefähr genauso weit aufgerissen ist wie der Mund des schlafenden Geschäftsmannes. Haltet durch, denkt Toni.

»Hier noch jemand zugestiegen?«, wiederholt die Schaffnerin jetzt ganz in ihrer Nähe. Der Geschäftsmann schreckt auf und schaut sich schlaftrunken um, es dauert eine Weile, bis er realisiert, wo er ist. Ein Blick zu Toni, ein Blick auf sein Tablet, Scham, er dreht es um, noch ein Blick zu Toni. Hilflos. Er tut ihr leid. Sie guckt, als wär nichts. Schade, denkt sie. Hätte lustig werden können. Sie widmet sich wieder ihrem Zeichenblock.

*

Alex ist fast am Krankenhaus, als es zu hageln beginnt, binnen Sekunden ist die Straße menschenleer. Er findet Zuflucht in einem Hauseingang, in dem schon ein junges Mädchen steht, und zündet sich eine Zigarette an.

»Kann ich auch eine?«, fragt das Mädchen. Er hält ihr die Schachtel hin, sie nimmt sich eine Zigarette, er gibt ihr Feuer. Sie ist siebzehn, vielleicht auch zwanzig, schwer zu sagen.

»Was machst du?«, fragt er sie.

»Ich rauche«, antwortet das Mädchen gleichmütig.

»Und sonst?«

»Rauche ich auch.«

»Aha.«

Schweigen.

»Ich bin schwanger.«

Verdammt, denkt Alex. Erst die Frau mit ihrem abgetriebenen Kind, jetzt eine Schwangere. Murphy, verpiss dich.

»Und da rauchst du?«, fragt er.

»Ich krieg's nicht.«

»Hm … verstehe.«

»Tust du nicht.«

»Doch, ich glaub schon. Du bist schwanger und willst das Kind nicht haben, was ist daran nicht zu verstehen.«

»Ich will's ja haben.«

»Dann rauch nicht und behalt's.«

»Geht nicht.«

»Warum nicht?«

»Bin erst siebzehn. Meine Eltern wollen nicht, dass ich's kriege.«

»Warum nicht?«

»Sie sagen, es reicht, wenn ich ihnen auf der Tasche liege.«

»Und der Vater?«

»Ist ein Idiot.«

»Hm. Hast du niemanden, der dir hilft?«

»Nee. Ich helf mir selber.«

»Dann hilf dir selber und behalt's, wenn du's willst.«

Sie betrachtet ihn argwöhnisch von der Seite.

»Du weißt, was gut für mich ist, ja?«

»Ich hab keine Ahnung. Aber wenn du das Kind behalten willst, wirst du es auch irgendwie schaffen. Gibt doch Vereine, die da helfen.«

»Weiß ich, aber ich brauch keinen, der mir hilft.«

Dann mach doch, was du willst, denkt Alex. Der Hagel lässt nach.

»Denk noch mal drüber nach«, sagt er. »Viel Glück.«

Er schlägt seinen Kragen hoch und geht weiter, ohne sich noch einmal nach dem Mädchen umzudrehen.

*

Toni zeichnet. Die Stimme im Lautsprecher kündigt den nächsten Bahnhof an. Der Geschäftsmann wirkt erleichtert, packt seine Sachen zusammen und steigt aus. Toni überlegt, wann sie mal in einer derart peinlichen Situation war. Vielleicht als sie das erste Mal betrunken war und der Nachbarin auf dem Heimweg vor das Gartentor gekotzt hat. Aber da war ihr eigentlich nur peinlich, dass sie sich am nächsten Tag nicht mehr erinnern konnte. Filmriss.

Die Nachbarin war eine dumme Kuh, die hatte es nicht anders verdient. Und als die Frau zu Hause auf der Matte stand, hat ihre Mutter ganz cool reagiert und gesagt, dass sie sich nicht so haben solle und ob sie denn nicht auch mal jung gewesen sei. Und wenn nicht, solle sie doch zum Bürgermeister gehen und sich beschweren. Da ist die Nachbarin beleidigt abgezogen. Am nächsten Tag hat ihre Mutter gesagt, Toni solle warten, bis die Frau weg sei, und dann rübergehen und das Elend beseitigen. Und dass sie in Zukunft aufpassen solle, wo sie hinkotze. Ja, da war ihre Mutter noch lässig und die Welt noch in Ordnung.

»Deine Zunge macht aber komische Sachen.«

Toni hebt den Kopf und schaut in das Gesicht eines kleinen Mädchens, das neben einem alten Mann sitzt, vermutlich ihr Opa. Toni hat so versunken gezeichnet, dass sie die beiden gar nicht bemerkt hat.

»Wieso«, fragt sie. »Was macht meine Zunge denn so?«

»Die wandert immer hin und her. So als wenn sie den Ausgang sucht.«

»Den Ausgang?«

»Ja, so wie der Tiger im Zoo. Oder der Löwe.«

»Echt?«

»Total.«

»Macht deine Zunge das auch?«

Das Mädchen streckt die Zunge raus und bewegt sie hin und her.

»Cool«, sagt Toni und wendet sich wieder ihrer Zeichnung zu.

»Du kannst aber schön malen«, sagt das Mädchen. »Wer ist das?«

»Ein Freund.«

»Wie heißt der?«

»Hutmann«, sagt Toni und zeichnet dem Mann einen Hut.

Das Mädchen legt den Kopf schief, damit sie besser sehen kann.

»Den kenn ich«.

»Echt?«

»Ja, ich bin mal mit Opa Zug gefahren, da saß der genau da, wo du jetzt sitzt!«

Tonis Herz klopft schneller.

»Biste sicher?«

»Total. Der hat mir sogar was geschenkt. Warte mal.« Sie kramt in ihrer Umhängetasche und holt eine Kiste Buntstifte heraus. »Die hier. Und dann noch …« Wieder verschwindet ihre kleine Hand in den Tiefen ihrer Tasche. »Einen Schatz!«, sagt sie stolz, öffnet ihre Faust und hält Toni einen flachen, seltsam geformten Stein entgegen. »Den hat er am Meer gefunden, hat er gesagt. Und guck mal …« Sie dreht den Stein in ihrer Hand. »Der sieht genauso aus wie Opa!«

Toni betrachtet erst den Stein und dann den alten

Mann, der gedankenverloren aus dem Fenster schaut. Der Stein ähnelt in seiner Form verblüffend dem Schädel des Alten.

»Abgefahren«, sagt sie. »Und wann war das? Wann hat der Mann dir den geschenkt?«

»Weiß nich, im Sommer irgendwann.«

»Hat er gesagt, wie er heißt?«

»Nö. Aber er sah genauso aus wie dein Hutmann da.«

»Und hat er gesagt, wo er hinfährt?«

»Nö. Aber bestimmt nach Hause.«

Nach Hause, denkt Toni traurig. Wenn ich nur wüsste, wo das ist. Sie überlegt kurz, dann reißt sie das Blatt aus dem Block und schenkt es dem Mädchen.

*

Alex steht vor dem Krankenhaus. Gleich wird er reingehen. Er muss nur die Schockstarre überwinden, die ihn plötzlich ergriffen hat. Er hat schon einmal hier gestanden. Genau hier, neben dieser Bank. Und genau wie jetzt hat er zu den Fenstern hochgeschaut, um zu erraten, hinter welchem das Mädchen liegen könnte. Nur war es damals nicht seine kleine Tochter gewesen, sondern ein fremdes Mädchen. Er hatte aus der Zeitung erfahren, dass sie in diesem Krankenhaus lag. Und er hatte zum ersten Mal ihr Bild gesehen. Eine hübsche Achtzehnjährige mit langem Haar. Sie hatte einen kleinen Jungen

86

auf dem Arm und hat in die Kamera gelacht. Der kleine Junge war ihr Bruder. Jetzt war er tot.

Alex setzt sich auf die Bank. Wie hat er vergessen können, dass es dasselbe Krankenhaus ist. Und dass er jetzt auf derselben Bank sitzt wie damals, als ihn der Mut verlassen hat. Der Mut, hineinzugehen und ihr zu sagen, dass es seine Schuld ist. Er hatte es sich vorher tausendmal ausgemalt und wusste genau, wie dieser Tag verlaufen würde. Er würde Blumen kaufen, zum Krankenhaus gehen, dem Mädchen die Wahrheit sagen und sich dann der Polizei stellen. Sie würden ihn vermutlich gleich dabehalten, und dann wäre sein Schicksal besiegelt. Ein paar Jahre Gefängnis. Nicht viel für einen toten Jungen und den unendlichen Schmerz, den er dieser Familie zugefügt hat. Und dann hat er es doch nur bis zu dieser Bank geschafft und geheult. Irgendwann ist er aufgestanden, hat die Blumen in den Mülleimer geworfen und ist gegangen. Elender Feigling.

Alex sitzt auf der Bank und heult.

*

Toni schaut dem Mädchen hinterher, das mit seinem Großvater über den Bahnsteig geht. Der Alte hatte die ganze Zeit nichts gesagt, nur aus dem Fenster geguckt. Toni hatte nie einen Opa, aber eigentlich hat sie auch nie einen vermisst. Die Eltern ihres Vaters hat sie nicht kennengelernt, die waren tot, und ihre Oma war dreimal verheiratet und dreimal geschieden. Sie hat ihr die Fotos ihrer Ehemänner gezeigt. Schön seien sie gewesen und klug, aber irgendwann habe sie sich immer gelangweilt, und das Leben sei zu kurz für Langeweile. Ihre Oma hat danach allein gelebt, aber einsam schien sie trotzdem nicht zu sein. Tonis Mutter hat auf sie eingeredet, sie solle doch mal so eine Reise machen mit Leuten ihres Alters. Da gebe es doch schöne Angebote, und sie würde neue Menschen kennenlernen. »Was soll ich bei den alten Leuten«, hat ihre Oma gesagt. »Da wird man ja schneller senil, als man das Wort korrekt buchstabieren kann.« Damit war die Sache erledigt. So richtig alt ist sie dann auch nicht geworden, mit siebzig ist ihr Herz stehengeblieben. Sie saß gerade in der Vormittagsvorstellung im Kino. Das machte sie jeden Mittwoch, da zeigten sie immer die alten Filme, die sie so gern mochte. Und an diesem Mittwoch ist sie einfach eingeschlafen und nicht mehr aufgewacht. Wäre bestimmt nicht unglücklich drüber gewesen, wenn sie's gemerkt hätte. Aber man kann sich nicht aussuchen, wie man stirbt. Außer, wenn man selbst Schluss macht, denkt Toni. Sie war mal kurz davor. Das war nach dem Tod von Mark. »Es ist deine Schuld«, hatte ihre Mutter gesagt. Und dass es sowieso das Beste wäre, wenn sie für immer verschwände. Toni hat versucht, sie zu beruhigen, sie in den Arm zu nehmen und zu halten, aber ihre Mutter hat sie weggestoßen und geschrien, sie wolle sie nie wiedersehen. Da ist Toni aus dem Haus gerannt und gelaufen. Durch das Dorf, die Landstraße lang, durch den Wald. Bis sie nicht mehr konnte. Und dann hat sie sich auf einen Baumstamm gesetzt, und da lag diese Schere. Mitten im Wald eine Schere. Vergessen oder verloren, wer weiß. Also saß sie auf dem Baumstamm und dachte: Das kann kein Zufall sein, dass ich die Schere jetzt finde. Kann ich die auch gleich benutzen. Hat sie sich an die Pulsader gesetzt und wollte Schluss machen. Aber dann hat sie sich doch nicht getraut. Nicht, weil sie Angst hatte vorm Tod, sondern weil die Schere rostig war und sie sich vielleicht eine bescheuerte Blutvergiftung geholt hätte. Haha. Selten so gelacht. Jedenfalls hat sie das mit dem Schlussmachen dann sein lassen.

Toni schlägt eine neue Seite in ihrem Block auf. Sie knabbert an ihrem Bleistift und grübelt, dann hat sie eine Idee und zeichnet einen Mann.

*

Dieser Mann fand eines Tages, dass alles gesagt sei und dass er ab jetzt nur noch schweigen wolle. Also schwieg er. Einen Tag, zwei Tage, drei Tage. Am vierten Tag jedoch hatte seine Zunge genug davon. Sie wollte nicht nur darauf reduziert werden, dem Mann beim Essen zu helfen, sie sah ihre eigentliche Berufung darin, Vokale und Konsonanten zu gut klingenden Worten zusammenzufügen, damit der Mann wegen seiner angenehmen Art zu sprechen beliebt sei. Aber da er nun schon den vierten Tag schwieg, sah sie keinerlei Veranlassung, länger bei ihm zu bleiben. Sie würde warten, bis er eingeschlafen wäre, dann würde sie gehen und ihr Glück anderswo versuchen. Die Flucht wäre problemlos, da der Mann immer bei geöffnetem Fenster schlief. Die Nacht kam, er legte sich ins Bett, las noch ein wenig, dann löschte er das Licht, und kurz darauf war er eingeschlafen. Vorsichtig schob sich die Zunge zwischen den Lippen hindurch, sorgsam darauf bedacht, diese nicht zu wecken, damit sie sie nicht an den Mann verrieten. Doch die Lippen schliefen. Eigentlich schliefen sie so gut wie immer, seit der Mann nicht mehr sprach. Im Gegensatz zur Zunge hatten sie sich in ihr Schicksal gefügt, zumal sie ohnehin das Gefühl hatten, dass sie von ihresgleichen schon genug Schwachsinn vernommen hatten, da waren sie mit ihrem Besitzer ganz einer Meinung. Also schliefen sie den Schlaf der Gerechten und Schweigsamen und wachten auch nicht auf, als die Zunge sich immer weiter herauswagte. Doch irgendwann ging es nicht mehr weiter, etwas hielt sie fest. Was zum Geier ist das, fragte sie sich, und ging nachsehen. Wie groß war ihr Entsetzen und ihre Enttäuschung, als sie feststellte, dass sie im Mund des Mannes festgewachsen war und es aus eigener Kraft nicht hinausschaffen würde. Sie lief noch eine Weile traurig zwischen den Lippen hin und her, bis sie sich schließlich müde und deprimiert in die Mundhöhle zurückzog. Sie würde nun also für immer bei dem schweigenden Mann bleiben müssen und dazu verdammt sein, niedrige Dienste zu versehen.

Als der Mann am nächsten Morgen ins Bad ging und in den Spiegel schaute, erschrak er nicht schlecht, als die Zunge ihm plötzlich sehr entschlossen und auch ein bisschen trotzig die Zunge rausstreckte.

»Was zum …«, rief er aus und erschrak noch einmal, weil er sich ja vorgenommen hatte, für immer zu schweigen. Das hatte er nun davon. Und wenn Toni wüsste, dass der Mann zwei Abteile weiter in ihrem Zug sitzt und gemeinsam mit seiner Zunge gerade einer Frau das Ohr abkaut …

Es ist 12.01 Uhr.

*

Alex steht in der Gästetoilette des Krankenhauses, spritzt sich kaltes Wasser ins Gesicht und schaut in den Spiegel. »Du bist echt krank«, sagt er zu seinem Spiegelbild. »Ein kranker, feiger Vollidiot.« Als er eine Toilettenspülung hört, zuckt er zusammen, er wähnte sich allein. Ein Mann kommt aus der Kabine und stellt sich neben ihn ans Waschbecken. Er zieht die Ärmel seiner fellbesetzten Jacke etwas hoch und dreht den Hahn auf. Komischer Typ, denkt Alex, während er sich abtrocknet und den anderen verstohlen im Spiegel beobachtet. Was der jetzt wohl denkt. Doch der andere lässt sich nichts anmerken und wäscht sich sehr konzentriert die Hände. Dann treffen sich ihre Blicke, und Alex meint den Anflug eines Grinsens im Gesicht des Mannes zu sehen. Peinlich, denkt er. Egal, den seh ich nie wieder. Er wartet noch einen Augenblick, dann verlässt er die Toilette und geht zum Fahrstuhl.

*

Toni hat keine Lust mehr zu zeichnen, steckt den Block in ihren Rucksack und schaut aus dem Fenster. Die Landschaft ist noch immer flach und ereignislos. Sie schließt die Augen und denkt über das Mädchen mit dem Großvater nach. Komischer Zufall, dass sie Wunderlich kannte. Und dass sie ausgerechnet in den Zug gestiegen ist, in dem sie dann saß. Und dass sie selbst ja einen Zug früher fahren wollte, aber den wegen der beiden Trantüten am Automaten verpasst hat. Ob das was zu bedeuten hat? Quatsch, Zufall. Genauso wie die Schere im Wald. Oder wie sie damals Karl getroffen hat.

Das war an einem eiskalten Januartag, Marks Geburtstag, anderthalb Jahre nach seinem Tod. Sie war auf dem Friedhof, um ihm ein paar Gummi-Indianer zu bringen, weil er mit denen immer am liebsten gespielt hatte. Und da stand dieser große fremde Mann am Grab vom alten Marquardt. Stand einfach da und tat nichts. Sie hat die Indianer vor Marks Stein postiert und wollte gerade wieder gehen, als er sie ansprach. Ob sie hier wohne. Ja. Ob sie Marquardt gekannt habe.

»Ja klar, war Briefträger hier.«

»Und wie war er so?«

Toni schaute den Mann skeptisch an.

»Der war okay, warum? War'n Sie mit dem verwandt?«

»Kann man so sagen. Aber das wusste ich bis vor kurzem noch nicht.«

»Echt?«

»Ja. Erzählen Sie mir was von ihm?«

Toni zuckte mit den Schultern.

»Was soll ich erzählen, so gut kannte ich den auch nich. War eben Briefträger hier, und dann war er in Rente, und dann ist Kugelblitz gestorben, und –«

»Kugelblitz?«

»Ähm, na ja …« Toni grinste verlegen. »So haben wir seine Frau genannt.«

Jetzt lächelte der Mann auch.

»Es ist ziemlich kalt«, sagte er. »Können wir nicht irgendwohin gehen, wo's warm ist, und dann erzählen Sie mir von ihm und … Kugelblitz?«

»Wir können zum Schönen Ringo, da isses warm.«

Und dann saßen sie beim Schönen Ringo, tranken Grog, und sie erzählte. Sie habe den alten Marquardt manchmal besucht, aber er sei so traurig gewesen, nachdem seine Frau gestorben war. Kugelblitz – das sei der Spitzname gewesen, den Toni und ihre Freunde ihr gegeben hatten. Wegen ihrer Figur und weil sie sich trotzdem so unfassbar schnell bewegen konnte. Und ebenso schnell, wie sie von hier nach da wieselte, habe sie auch gesprochen, und zwar ohne Punkt und Komma. Toni habe sich oft gefragt, wie Marquardt das den ganzen Tag aushielt, er war doch das ganze Gegenteil. Lang und dünn und still.

Lang und dünn war auch der Mann, der ihr zuhörte.

»Sie sind sein Sohn, oder?«

»Ja.«

»Und warum wollen Sie das dann alles wissen?«

»Weil ich erst seit zwei Wochen weiß, dass er mein Vater war.«

Und dann haben sie noch einen Grog bestellt, und dann hat er geredet. Dass seine Mutter gestorben sei und ihm einen Brief hinterlassen habe, in dem stand, dass sein Vater nicht sein richtiger Vater sei, dass sie ihm das immer habe sagen wollen, aber sich nie getraut habe. Dass er aber ein Recht darauf habe, das zu erfahren. Dass sie ihm nicht die ganze Geschichte erzählen könne, weil sie zu schmerzhaft sei, aber ihr richtiger Vater heiße so und so und wohne da und da.

»Und jetzt ist sie tot, und ich komme her, und im Dorf erzählt man mir, er sei auch tot. Und beide haben ihr Geheimnis mit ins Grab genommen.«

Er starrte auf seine Hände. Schöne Hände, wie Toni fand. Er hob den Blick und schaute sie traurig an.

»Manchmal ist es vielleicht besser, so ein Geheimnis nicht zu kennen, nicht wahr?«

Toni überlegte.

»Ja, vielleicht. Aber ich würd's wissen wollen.«

»Auch wenn es weh tut?«

»Klar.«

»Warum?«

»Weiß nich«, sagte sie nachdenklich und nippte an ihrem Grog. »Gehört ja zu einem, so 'ne Geschichte.«

»Ja schon, aber wenn meine Mutter diesen Brief nicht

geschrieben hätte, hätte ich nie erfahren, dass mein Vater nicht mein richtiger Vater war.«

»Hätte hätte Fahrradkette«, sagte Toni.

»Stimmt auch wieder«, sagte der Mann. »Ich bin übrigens Karl. Und Sie?«

Und dann haben sie noch zwei Grog getrunken und sind zu ihr gegangen. So ging das los mit Karl. Ihrem großen fernen nahen Karl.

Toni seufzt. Am Horizont zeichnen sich die Konturen der großen Stadt ab. Gleich ist sie da.

*

Alex betritt das Krankenzimmer. Seine Frau sitzt am Bett ihrer Tochter und versucht ein Lächeln. Eine Mischung aus Erleichterung und Vorwurf. Seine Tochter ist blass, aber sie strahlt.

»Papa.«

»Meine Süße«, sagt er, legt seine Tasche und die Tüte aus dem Spielzeugladen ab, tritt ans Bett und gibt einen Kuss auf die Stirn. »Du machst ja Sachen.« Dann geht er hinüber zu seiner Frau und küsst auch sie. Sie sieht erschöpft aus, das kann auch ihr Make-up nicht verbergen.

»Tut mir leid«, sagt er leise. »Eins kam zum anderen.«

»Jaja, wie immer. Aber egal, jetzt bist du ja da.«

»Wie geht's dir denn, meine Kleine?«, wendet er sich wieder an sein Kind.

»War gar nicht schlimm. Ich hab ja geschlafen, aber vorher war's schlimm.«

»Das kann ich mir vorstellen. Du bist sehr tapfer, weißt du das?«

»Ja.« Ihr Blick wandert zur Tüte auf dem Tisch. »Hast du mir was mitgebracht?«

»Allerdings.«

Er holt die Tüte und lässt sie einen Blick hineinwerfen.

»Oh, gleich zwei was!«

»Ja. Ich dachte mir, dass du ›zwei was‹ sehr gut gebrauchen kannst.«

Er zieht das erste Paket heraus.

»Eine Puppe! Die is aber schön …«

Sie reckt den Hals nach dem zweiten Paket. Alex nimmt es aus der Tüte.

»Ein … Baukasten?«

»Genau, ich dachte, vielleicht hast du ja mal Lust, mit was anderem zu spielen. Da kannst du prima Sachen mit bauen.«

Seine Frau verdreht die Augen.

»Genau so einen hat Max auch«, erklärt Anna. »Aber da fehlen schon ganz viele Schrauben.«

»Wer ist denn Max?«

»Na mein Freund!«

»Du hast schon einen Freund?«

»Papa!«

Plötzlich hat seine Tochter den gleichen vorwurfsvollen Blick, den er von seiner Frau kennt. »Den hab ich doch schon seit dem Kindergarten.«

Jetzt muss seine Frau grinsen. Und er auch. Alles ist gut, denkt er. Alles wird gut.

*

Toni steigt aus dem Zug, läuft Richtung Treppe und hält Ausschau nach ihrem Vater, der auch nicht da ist, nachdem sich der Bahnsteig geleert hat. Na toll, denkt sie und setzt sich auf die Bank. Sitz ich wieder rum und warte, immer dasselbe mit dem. Sie versucht sich vorzustellen, wie er jetzt aussieht. Fünf Jahre älter eben, aber ein Bild dazu bekommt sie nicht in den Kopf. Vielleicht hat er jetzt einen Bauch. Viele Männer in dem Alter haben einen Bauch. Obwohl, so alt ist er ja auch wieder nicht. Gerade achtundvierzig. Genau wie der Schöne Ringo, und der hat auch keinen Bauch. Die beiden waren sogar mal befreundet, aber von einem Tag zum anderen nicht mehr. Irgendwann hat sie Ringo mal gefragt, aber der hat nur abgewinkt. Doch einmal hat er sich verplappert. In jenem Sommer vor sieben Jahren. Sie erinnert sich sogar noch an den Tag, weil es der Tag war, an dem er ihr Amsel vorgestellt hat. Sie kam in die Kneipe, in der sie manchmal in den Ferien aushalf. Ringo sagte, er habe eine Überraschung für sie. Toni folgte ihm hinter den Tresen.

»Guck mal, wen wir hier haben.« Der Wirt wies auf

einen Korb, in dem ein kleiner Hundewelpe lag und sie aus schwarzen Augen anschaute.

»Darf ich vorstellen, Amsel, das ist unsere Toni. Toni, das ist Amsel.«

»Hä? Wie heißt der?«

»Na Amsel«, sagte Ringo, als sei es das Selbstverständlichste von der Welt.

»Wie der Vogel?«

»Wie der Vogel, genau. Ich hab ihn von einem mandschurischen Züchter. In der Mandschurei heißen alle Hunde nach Vögeln.«

»Ringo, das is Blödsinn.«

»Nein, ist es nicht.«

»Und was heißt Amsel bei denen?«

»Toni-Kind«, sagte Ringo mit ernstem Gesicht. »Schau mich an. Sehe ich etwa so aus, als würde ich noch Mandschurisch sprechen?«

»Wieso ›noch‹?«

»Na früher, da hab ich. Jetzt nur noch manchmal. Und im Augenblick gerade gar nicht.«

Toni kicherte, ging in die Hocke und streichelte den Welpen.

»Tach, Amsel. Da haste dir ja ein feines Herrchen ausgesucht. Pass bloß auf, dass der dich nich irgendwann als Pekingente auf die Karte setzt.«

»Keine schlechte Idee«, sagte Ringo und strich sich nachdenklich übers Kinn. »Und während ich darüber nachsinne, kannst du schon mal nach hinten gehen und dich hübsch machen für die Schicht. Geht nämlich gleich los hier.«

Nach ihrer Schicht hat er sie dann nach ihrer Mutter ausgefragt. Wie es ihr so gehe und dass er finde, dass sie nicht allein bleiben solle.

»Also wenn ich sie wäre, würde ich mich nehmen.«

»Na klar, Ringo. Wen sonst.«

»Nee, Toni, ist mein voller Ernst«, fuhr er fort. »Guck mich an. Ich seh gut aus, der Laden läuft, und deine Mutter ist auch noch nicht in dem Alter, wo man nicht mehr …« Er grinste und zwinkerte ihr zu. »Na, du weißt schon.«

Toni verzog das Gesicht.

»Ringo!«

»Nein, im Ernst«, sagte der Wirt versonnen. »Sie und ich, das war …« Er hielt inne und wurde rot. »Ich meine, das wäre …«

Und da wusste sie plötzlich Bescheid. Ringo und ihre Mutter, wer hätte das gedacht. Auch so ein Rätsel. Und ihr ist ein Rätsel, warum ihr Vater nicht kommt.

*

Alex sitzt mit seiner Frau in der Cafeteria des Krankenhauses. Sie schweigen. Er ist froh, dass sie offenbar zu müde ist, um ihm Fragen zu stellen. Aber vielleicht will sie auch keine Antworten hören. Weil sie sie kennt.

Manchmal hat er das Gefühl, dass sie Bescheid weiß über die andere Frau. Und dann wieder gar nicht. Aber er wird den Teufel tun und es ihr beichten. Es ist gut, wie es ist. Und wenn sie es doch weiß, dann soll sie was sagen. Bis dahin haben alle ihren Frieden.

»Alex«, sagt sie irgendwann leise. »Wir müssen reden.«

Gut, denkt er. Dann also doch. Heute. Jetzt. Warum auch nicht.

»Ja, das müssen wir wohl«, seufzt er. Sie wirkt überrascht. Hat wohl nicht damit gerechnet, dass er sofort darauf eingehen würde. Hat sicher angenommen, er würde alles abstreiten, sich rausreden, drunter wegtauchen. Na ja, darin ist er ja auch ziemlich gut.

»Ich kann das nicht mehr«, sagt sie mit gesenktem Kopf. »Ich schlepp das schon so lange mit mir rum.«

»Ja. Ich weiß.«

Sie schaut ihn überrascht an.

»Du … weißt?«

»Na ja, ich hab's mir gedacht.« Irgendwas ist komisch, denkt er. Sie ist so gefasst.

»Wie lange schon?«, fragt sie.

Was spielt das für eine Rolle, denkt er. Aber ist jetzt auch egal.

»Sieben Jahre.«

»Was?« Sie schaut ihn verständnislos an. »Wovon sprichst du?«

»So lange geht es. Danach hast du doch gefragt.«

»Moment mal, Alex. Ich glaube, wir reden hier gerade aneinander vorbei. Was heißt sieben Jahre?«

Denk nach, Alex. Denk nach, lass dir was einfallen, konzentrier dich, los. Doch ihm fällt nichts ein, also schweigt er und starrt in seine Kaffeetasse.

»Alex?« Ihr Ton, der eben noch ganz weich und leise war, ist jetzt beinahe fordernd. »Was für sieben Jahre?«

»Na ja, vielleicht … reden wir wirklich aneinander vorbei«, sagt er. »Vielleicht sagst du mir einfach, was du meinst.«

»Nein, erst du.«

»Liebling, du wolltest mir etwas sagen, also sag es. Dann sag ich dir, was ich gemeint hab.«

Sie nickt. Sie seufzt. Sie holt tief Luft. Und dann redet sie.

Vor zwei Monaten sei sie diesem Mann begegnet. Am Anfang habe sie geglaubt, das gehe wieder vorbei, doch das tat es nicht. Und es sei immer ernster geworden, auch bei ihm. Und da habe sie zum ersten Mal ihre Ehe hinterfragt, das habe sie vorher noch nie getan, es sei ja auch alles in Ordnung gewesen. Das habe sie zumindest immer geglaubt, aber diese Affäre – nein, sie möchte es nicht Affäre nennen –, die Beziehung mit diesem Mann habe ihr die Augen geöffnet, habe ihr gezeigt, was ihr fehle. Alex und sie – das sei doch nur noch friedliche Koexistenz. Es sei doch nur eine Frage der Zeit gewesen, dass so was passiere.

Alex' Kehle wird eng. Seine Frau hat ihn betrogen, niemals hätte er damit gerechnet. Doch dass sie so ehrlich ist, beschämt ihn mehr als alles andere. Er weiß nicht, was er sagen soll.

»Wann hat das angefangen, Alex«, sagt seine Frau traurig. »Wann hat es angefangen, dass wir aufgehört haben, uns zu lieben?«

»Wieso. Ich für meinen Teil liebe dich noch.«

»Du für deinen Teil?« Sie lächelt müde. »Ach Alex. Du für deinen Teil bist doch seit Jahren abwesend. Und das meine ich jetzt nicht körperlich, sondern überhaupt.«

»Das ist doch Quatsch.«

»Das ist kein Quatsch. Ich hab drüber nachgedacht. Das ging los, als du bei der Spedition aufgehört hast vor ...«

»Sieben Jahren.«

»Ja genau. Vor sieben Jahren.«

Meine Rettung, denkt er.

»Was ist? Du guckst so komisch. So, als würde dir das alles nichts ausmachen.«

»Es macht mir was aus, natürlich macht es mir was aus, aber –«

»Das ist alles?«

Er schweigt.

»Gut«, sagt seine Frau und steht auf. »Dann ist wohl alles gesagt.«

Er greift ihren Arm. »Nein, warte«, sagt er. »Bleib bitte hier. Ich ... muss dir auch etwas sagen.«

Irritiert setzt sie sich wieder und schaut ihn an.

Er holt tief Luft. Dann erzählt er.

*

Es ist doch immer dasselbe, denkt Toni. Kein Verlass auf den. Sie kennt niemanden, der so chaotisch ist wie ihr Vater. Tausend Sachen angefangen, tausend Sachen aufgehört. Lehre geschmissen, Studium geschmissen, Familie geschmissen. Nachdem er damals abgehauen war, rief er sie immer wieder an, um mit ihr zu reden, doch sie ging nicht ran oder drückte ihn weg. Und dann stand er nach den Ferien plötzlich vor der Schule. Ganz traurig sah er aus, tiefe Ringe hatte er unter den Augen, da tat er ihr fast wieder leid, und sie hat sich mit ihm auf eine Bank gesetzt. Er wollte wissen, wie es ihr gehe, aber sie hat geschwiegen. Sie wollte ihn spüren lassen, wie sehr sie ihn verachtete für das, was er ihnen angetan hatte. Und dann redete er: Dass er doch nur ihretwegen so lange geblieben sei. Dass er ihre Mutter geliebt habe, aber dass die Liebe eben irgendwann weggewesen sei. Dass er das Dorf nicht mehr ertragen habe und ihm die Decke auf den Kopf gefallen sei. Und jetzt lebe er allein, und er habe das erste Mal das Gefühl, dass es genau das war, was er wollte.

Toni hörte ihm zu, und als er fertig war und sie fragte, was sie denke, zuckte sie nur mit den Schultern. Dann schwiegen sie. Sehr lange. Und dann, ganz plötzlich, brach es aus ihr raus. Dass er ja keine Ahnung habe, was zu Hause los sei. Dass die Mutter nur noch heule und alles an ihr auslasse. Dass ihr bester Freund Ole weggezogen sei und sie gar keinen mehr habe, mit dem sie reden könne. Dass er sich gar nicht vorstellen könne, wie beschissen es sei, gleich zwei Leute, die man liebhat, zu verlieren. Und dass sie nichts mehr mit ihm zu tun haben wolle und er sie mal könne. Dann war sie aufgestanden und weggerannt.

Sie hat ihren Vater erst wiedergesehen, als er mit einem Transporter kam, um seine Sachen abzuholen. Sie hatte gehört, wie die Mutter am Telefon den Tag nannte, an dem er kommen könne. Sie würde auf der Arbeit sein und Toni in der Schule. Doch Toni schwänzte die letzten drei Stunden und kam gerade noch rechtzeitig, als der Vater die Plane des Transporters herunterließ. Und dann standen sie sich gegenüber. Hilflos. Und dann schossen ihr die Tränen in die Augen und ihm auch. Und dann umarmten sie sich, und er sagte, dass die Stadt ja nicht so weit sei. Und er sei für sie da. Und dann stieg er ein und fuhr weg.

Und jetzt kommt er angerannt.

»Mensch, Toni! Da bist du ja!«

»Und du erst«, sagt Toni trocken. Und wie alt du geworden bist, denkt sie erschrocken, als er so vor ihr steht mit eingefallen Wangen und grauen Haaren, die ihm in die schweißnasse Stirn hängen. Er nimmt sie in den Arm, sie lässt es geschehen und genießt den vertrauten Duft nach Pfefferminz.

»Und hübsch siehst du aus, meine Kleine. Und deine Haare sind gewachsen!«

»Ach nee, echt?« Sie fasst sich auf den Kopf und verzieht das Gesicht. »Tatsache. Is ja gruslig.«

»Ach, Toni.« Ihr Vater grinst schief. »Meine Toni.«

Seine Unbeholfenheit rührt sie ein bisschen.

»Is ja gut, Papa. Könn' wir jetzt los?«

»Ja klar. Lass uns irgendwo einen Kaffee trinken gehen«, schlägt er vor.

»Ich will kein' Kaffee trinken. Könn' wir nich einfach spazier'n gehen?«

»Natürlich. Vielleicht in den Park?«

»Mann, Papa, was soll ich im Park. Scheißnatur hab ich zu Hause mehr als genug.«

»Hast ja recht. Entschuldige. Dann weiß ich, wo wir hingehen.«

*

Alex ist fertig mit seiner Rede. Zusammengesunken sitzt er auf dem Stuhl, den er die ganze Zeit mit den Händen umklammert hat. Das Gesicht seiner Frau ist bleich, die Augen tränenverschleiert.

»Sieben Jahre«, sagt sie schwach. »Wie konntest du sieben Jahre so leben?«

Er schweigt.

»Alex … bitte rede mit mir.«

»Na ja, man kriegt das irgendwie hin«, sagt er gepresst.

»Man kriegt das irgendwie hin?« Sie dehnt den Satz, als könnte sie nur so seinen Sinn verstehen. »Ist das dein Ernst?«

Er nickt betreten.

»Und überhaupt: Wer ist *man*?«

Er schweigt.

»Alex, sag doch was! Du tischst mir hier so eine Geschichte auf … friss oder stirb. Das kannst du nicht machen! Du musst es mir erklären! Wie hast du das so lange ausgehalten, so was hält doch kein Mensch aus!«

Er starrt auf die Tischplatte. Ein Fleck. Brandfleck offenbar. Wie kommt hier ein Brandfleck her?

»Alex!«

»Na ja, wie soll ich sagen …« Mit dem Zeigefinger reibt er auf dem Fleck herum. »Es ist … wie ein großer schwarzer Schatten. Er begleitet einen jeden Tag, aber man denkt nicht immer dran, dass er da ist.«

»Hör doch mal auf mit diesem scheiß *man*!«

Der Fleck lässt sich nicht entfernen. Und er fühlt sich so leer. Vorhin im Zug, bei dieser Frau, da hat er die Geschichte schon mal erzählt, allerdings in der dritten Person. Einem Freund sei das passiert, nicht ihm. Da war alles in Ordnung, und er hat sich am Ende fast erleichtert gefühlt. Aber jetzt? Nichts. Leere.

»Ist dir nie in den Sinn gekommen, mir davon zu erzählen?«

»Doch … natürlich. Ich hab dich sofort danach angerufen, aber du bist nicht rangegangen.«

»Wie bitte?«

»Du bist nicht rangegangen.«

Sie starrt ihn an. Fassungslos. Dann steht sie auf und rennt aus dem Raum. Alex sitzt vor dem Fleck. Wie um alles in der Welt kommt bloß ein Brandfleck auf einen Tisch in der Cafeteria eines Krankenhauses.

*

Toni und ihr Vater gehen durch die Straßen seines Viertels. Sie kennt diese Straßen, sie ist schon mal hier langgelaufen. Mit Karl. Ob er immer noch hier wohnt? Und was, wenn sie ihn treffen? Ihr Puls geht schneller. Da drüben ist sein Haus. Toni bleibt stehen und schaut zu den Fenstern im zweiten Stock. »Was hast du?«, fragt ihr Vater und folgt ihrem Blick. »Wohnt da jemand, den du kennst?«

»Ja. Is von früher einer. Is egal.«

Bloß schnell weg hier, denkt sie und geht weiter.

»Mensch, renn doch nicht so, Toni.« Ihr Vater hat Mühe, mit ihr Schritt zu halten. »Willst du mir erzählen, wer da wohnt?«

»Nö. Will ich nich.«

»Verstehe«, sagt ihr Vater enttäuscht. »Ach, Toni, ich

weiß so wenig von dir. Aber bin ja auch selbst schuld. Hätte mich mehr um dich kümmern müssen, hab mich immer nur um mich gekümmert.«

»Hör auf, Papa. Ich bin erwachsen.«

»Ja, aber als du noch nicht erwachsen warst. Und als –«

»Du sollst aufhören, Papa.«

»Entschuldige.«

»Und hör auf, dir andauernd Sorgen zu machen und dich für alles zu entschuldigen, das nervt.«

Sie gehen schweigend nebeneinander her, da vorn ist das Café, in dem Karl oft sitzt und in dem er ihr gesagt hat, dass es vorbei sei. Dass er nicht mit ihr zusammen sein könne, wenn sie immer die Fäuste in den Taschen habe. Toni verlangsamt ihren Schritt.

»Was hast du?«, fragt ihr Vater.

»Nix.«

Sie spielt das alte Wenn-dann-Spiel. Wenn ihr Vater bis zum Café nichts mehr sagt, dann guckt sie ins Fenster, wenn doch, dann nicht. Er sagt nichts, sie erreichen das Café, sie schaut hinein, und da sitzt er. Mit einer Frau. Sie redet, er hört zu. Und dann treffen sich ihre Blicke. Er kneift die Augen zusammen, als würde er ihnen nicht trauen. Die Frau dreht sich um, sieht sie an, dann wieder ihn, fragt ihn was, er reagiert nicht, hebt unsicher die Hand wie zum Gruß, Toni hebt ihre, und schon sind sie vorbei. Ihr Herz klopft bis zum Hals, Tränen schießen ihr in die Augen.

»Toni?« Ihr Vater nimmt ihre Hand. »Was hast du? Kanntest du den?«

»Ja«, sagt sie heiser. »Von früher.«

»Ich wusste gar nicht, dass du hier –«

»Is doch egal, is schon lange vorbei.«

Diese bescheuerte Stadt, denkt Toni. Tut so, als wär sie riesig groß, und dann rennt man dauernd seiner eigenen Geschichte über den Weg. »Können wir jetz vielleicht doch in deinen blöden Park?«

*

Alex starrt auf den Fleck auf dem Tisch der Cafeteria. Jetzt ist es also raus, denkt er. Und trotzdem fühlt es sich beschissen an. Eigentlich noch beschissener als vorher. Er hatte gelernt, mit der Geschichte zu leben. Mit der Geschichte und mit seiner Schuld. Was hätte er auch anderes tun sollen? Natürlich hat er darüber nachgedacht, sich zu stellen. Doch wem hätte das genützt? Er wäre ins Gefängnis gekommen, na und? Wäre seine Schuld kleiner geworden, indem er sie absaß? Nein. Und hätte es der Familie des kleinen Jungen etwas genützt? Sie hätten gewusst, wen sie hassen können, na und? Geändert hätte das nichts. Und jetzt wusste es seine Frau. Jetzt hatte er ihr alles gesagt, jedes kleine Detail bis auf eines: dass er an dem Tag, als es passierte, gerade auf dem Weg zur der anderen Frau war. Doch er konnte nicht mehr und fuhr in ein Hotel, wo er sich besoffen hat, als würde es kein Morgen geben. Aber es gab ein Morgen, und er lebte noch. Und ein Übermorgen und die Tage danach. Und jeden Tag gewöhnten sie sich ein bisschen mehr aneinander, die Schuld und er. Und jetzt ist es also raus.

Am Nebentisch sitzt eine Frau mit ihrem halbwüchsigen Sohn. Sie weint, er streichelt ihr behutsam über das Haar. Vielleicht weint sie wegen seines Vaters, der auch hier liegt. Vielleicht ist er todkrank oder gerade gestorben. Alex schaut weg. Dann kommt ihm eine Idee. Er steht auf und bittet die Frau an der Kasse um ein Blatt Papier und einen Stift. Er setzt sich wieder an den Tisch und beginnt zu schreiben.

*

Toni steht mit ihrem Vater auf dem Hügel des Parks, von dem man über die Dächer der Stadt schauen kann. Er hat den ganzen Weg bis hier oben kein einziges Wort gesagt, dafür ist sie dankbar. Und es tut ihr leid, dass sie so abweisend ist. Sie nimmt seine Hand, er schaut sie überrascht an. Vermutlich fragt er sich jetzt genauso wie sie, wann sie das zum letzten Mal getan hat.

»Tut mir leid, dass ich so bekloppt bin gerade«, sagt sie leise.

»Ach was, Toni.« Er drückt ihre Hand. »Ich freu mich ja so, dass du da bist.«

Sie dreht sich zu ihm, fährt mit den Händen unter seinen Mantel und umarmt ihn.

»Ich mich auch, Papa.«

Er hält sie fest. So stehen sie ein paar Minuten ganz still.

»Hab ich dir eigentlich mal erzählt, wie das alles war damals mit Mark?«, sagt Toni irgendwann und ärgert sich sofort, weil sie ja weiß, dass sie es ihm nie erzählt hat.

»Nein, das hast du nicht. Und ich hab mich das immer gefragt.«

»Ich weiß noch den ganzen Tag und den Tag davor«, sagt sie leise. »Und am Ende war'n es nur die scheiß fünf Minuten.«

»Welche fünf Minuten?«

»Ich war fünf Minuten zu spät im Kindergarten, deshalb is das alles passiert.«

Er löst sich von ihr und schaut sie an.

»Was?«

»Ja.«

»Erzähl's mir, Toni«, sagt er, zieht sie sanft zu einer Parkbank, und dann erzählt sie. Sie habe sich am Abend davor mit der Mutter gestritten, weil sie irgendwas nicht erledigt hatte. Die habe sich künstlich aufgeregt, weil sie mal wieder ihre blöden Pillen nicht genommen hat.

»Welche Pillen?«

»Na ihre Leck-mich-am-Arsch-Pillen. Die hat sie doch verschrieben bekommen, nachdem du weg warst, weil sie nix mehr auf die Reihe gekriegt hat. Scheiße, das weißt du gar nich, oder?«

Ihr Vater schüttelt betreten den Kopf.

Jedenfalls sei sie dann abgehauen, weil sie mit Ole verabredet war, der am nächsten Tag nach Neuseeland flog. Sie seien ziemlich abgestürzt in der Nacht, aber am nächsten Morgen habe sie pünktlich auf der Matte gestanden, um sich um Mark zu kümmern, weil die Mutter Frühschicht hatte.

*

Toni erzählt also. Ihre Version einer Geschichte, die ihre Mutter vielleicht ganz anders erzählen würde. Sie würde vielleicht sagen, dass Toni sie provoziert habe, dass das immer öfter passiert sei, dass sie überhaupt so unzuverlässig war und zu viel gekifft habe. Ihre Pillen? Nein, die habe sie da schon lange nicht mehr genommen. Habe sie nicht mehr gebraucht. Alles habe seine Zeit, und so weiter. Und vielleicht hätte ihre Mutter auch recht mit alldem, und Toni hätte unrecht. Oder umgekehrt. Mit Sicherheit würden beide an ihre Version glauben, so ist das mit der Erinnerung – sie führt uns an der Nase rum. Oder wir sie, je nachdem. Da ist es gut, wenn es jemanden gibt, der die Geschichte richtig weitererzählen kann, und die geht so:

Toni hatte sich am Abend davor von ihrem Freund Ole verabschiedet, war halb drei im Bett und um sechs wieder auf den Beinen. Sie ging duschen, putzte sich die Zähne und kochte sich Kaffee. Dann schlich sie sich leise in Marks Zimmer. Der hatte die Decke zwischen Arme und Beine geklemmt und sah aus, als würde er daran hochklettern. Toni grinste, beugte sich über ihn und sog seinen warmen Schlafgeruch ein. Hinterm Ohr roch er am besten, wie sie fand. Vermutlich rochen alle Kinder so, aber sie war davon überzeugt, dass keins so gut roch wie Mark.

Ihr Bruder wachte auf und verzog das Gesicht. »Du riechst schon wieder an mir rum«, sagte er schlaftrunken. »Muss ich, weißte doch«, flüsterte Toni. »Für den Häuptling.«

Das Morgenriechen war eines der Spiele, das Toni sich für ihren Bruder ausgedacht hatte. Einmal in der Woche musste sie Marks Reifegrad überprüfen, um herauszufinden, ob er in den Stamm des Häuptlings Komischer Vogel aufgenommen werden konnte.

»Und bin ich jetzt reif?«

»Fast.« Toni schnupperte noch einmal. »In zwei Wochen, würd ich sagen.«

»Ey, das kitzelt!«, kicherte Mark und schob ihren Kopf weg.

»Muss kitzeln«, erklärte Toni. »Wirste schneller reif.«

»Du spinnst ja.«

»Nö. Is wahr.« Toni gab ihrem Bruder einen Kuss auf die Wange. »Und jetz steh auf, du kleiner Penner.«

»Selber Penner.«

Nachdem sie Mark in den Kindergarten gebracht hatte, fuhr Toni wieder nach Hause, aß ein Brötchen mit Marmelade, legte sich in ihrem Zimmer aufs Bett, stellte sich den Wecker auf elf Uhr und schaute durch das Dachfenster, über dem ein grauer Himmel hing. Irgendwo lärmte ein Vogel, ein Auto fuhr vorbei, und in der Ferne ratterte ein Mähdrescher. Wird heut bestimmt noch regnen, dachte sie. Ich hab Durst, dachte sie. Dann schlief sie ein.

Als der Wecker eine Stunde später klingelte, regnete es tatsächlich. Nicht sehr stark, es waren nur einzelne Tropfen, die gegen die Scheibe schlugen. Toni liebte dieses Geräusch und schloss wieder die Augen. Nur noch fünf Minuten, dachte sie. Sie hatte mal gelesen, dass der Regen auf Hawaii wie in Zeitlupe fiel, weil die Tropfen so schwer waren. Oder dass er manchmal einfach in der Luft hängen zu bleiben schien, als wolle er gar nicht unten ankommen. Vielleicht würde sie irgendwann mal nach Hawaii fahren und sich das selber ansehen.

Sie stand auf, ging ins Bad und schaute nicht in den Spiegel. Sie war mit ihrem Gesicht im Grunde einverstanden, aber auch nicht so sehr, dass sie es jeden Tag angucken musste. Es hatte eine Zeit gegeben, da hatte sie viel in den Spiegel geschaut und sich die Augen schwarz angemalt wie alle Mädchen in der Klasse. Sie wollte dazugehören, aber irgendwie klappte das nicht, und sie blieb immer draußen. Ole meinte damals, das komme, weil die Leute dächten, sie sei arrogant, und nicht begriffen, dass das Quatsch ist. Dass sie sich aber keinen Kopf machen solle, denn sie habe ja ihn, und er sei ihr Freund und würde sie notfalls auch retten, wenn sie aus der Gruft, aus der sie jetzt immer steige, plötzlich nicht mehr rauskäme. Nur nachts wolle er ihr lieber nicht begegnen, weil er sich dann vielleicht zu Tode erschrecken würde.

Da hatte sie aufgehört, sich zu anzumalen.

Sie band sich einen Zopf, was sie eigentlich hasste, aber der Schöne Ringo verlangte es so. Dann steckte sie den Einkaufszettel und den Zwanziger ein, den ihre Mutter auf den Küchentisch gelegt hatte, stieg ins Auto und fuhr zur Schicht. Die dauerte bis um drei, dann fuhr sie zum Großmarkt, kaufte die Dinge, die ihre Mutter aufgeschrieben hatte, und eine Tüte Gummibären für sich und Mark. Als sie gerade wieder ins Auto steigen wollte, rief jemand ihren Namen. Sie drehte sich um. Eine Frau kam über den Parkplatz auf sie zugelaufen. Auch das noch, sie hatte doch keine Zeit. Wenn sie Mark pünktlich abholen wollte, musste sie sich beeilen.

»Toni!« Die Frau blieb atemlos vor ihr stehen. »Wie gut, dass ich dich treffe!«

Es war die Mutter von Ole, sie sah besorgt aus.

»Hast du vielleicht was von Ole gehört?«

»Nö. Sitzt der nich im Flugzeug?«

»Noch nicht, er müsste am Flughafen sein, aber er geht nicht ans Telefon, und jetzt mach ich mir Sorgen.«

»Na ja, vielleicht is sein Akku alle.«

»Das Telefon klingelt, aber er geht nicht ran.«

»Vielleicht hört er's nich.«

»Aber ich hab's schon ganz oft versucht. Und er hat versprochen, noch mal anzurufen.«

Und ich muss langsam wirklich los, dachte Toni.

»Ach, gibt bestimmt 'ne ganz einfache Erklärung dafür«, sagte sie. »Vielleicht hat er's ja irgendwo liegen lassen. Is ja auch ganz schön chaotisch manchmal.«

»Da hast du auch wieder recht«, sagte die Frau und schien ein wenig erleichtert.

»Genau, der meldet sich schon.«

»Ganz bestimmt.« Die Frau nickte und lächelte unsicher. »Danke, Toni.«

Dann drehte sie sich um und zog noch in der Bewegung ihr Mobiltelefon aus der Tasche, um zum vermutlich hundertsten Mal ihren Sohn zu erreichen.

Toni war überzeugt, dass mit Ole alles in Ordnung war. Verpeilt war er immer schon gewesen, aber die Kifferei hatte es bestimmt nicht besser gemacht. Und gestern hatten sie sich ja noch mal ordentlich abgeschossen, vielleicht hatte er einfach keine Lust zu telefonieren.

Sie stieg in den Kombi und steuerte ihn vom Parkplatz zurück auf die Landstraße, auf der um die Zeit immer etwas mehr Verkehr war, aber solange es nicht irgendwo einen Unfall gab, würde sie noch rechtzeitig am Kindergarten ankommen und sich nicht den schmallippigen Kommentar der Erzieherin anhören müssen, weil sie nach Feierabend kam.

Toni tastete im Einkaufsbeutel auf dem Beifahrersitz nach den Gummibärchen, öffnete die Tüte mit den Zähnen und stopfte sich ein paar in den Mund. Sie versuchte sich auszumalen, warum Ole nicht ans Telefon ging. Vielleicht wurde er gerade bei der Sicherheitskontrolle gefilzt und stritt sich mit dem Beamten rum. Vielleicht hatte er sein Telefon in seiner Verpeilung auch in den Koffer gepackt statt ins Handgepäck. Und da lag es jetzt und klingelte, und weil man nie wissen konnte, rief man die Flughafenpolizei, weil das ja vielleicht eine Bombe war. Die Polizei würde kommen mit ihrem mandschurischen Bombenhund, und der würde sofort anschlagen, weil ihn das Geklingel aus Oles Koffer einfach nur wahnsinnig machte. Ole würden sie dann trotzdem in den Kerker werfen wegen Irreführung der Behörden. Und weil der Hund ein Handy nicht von einer Bombe unterscheiden konnte, würde man ihn schlachten und im Flughafenrestaurant als Pekingente anbieten.

»Armer Köter«, seufzte Toni und griff noch einmal in die Tüte mit den Gummibären. Im Radio liefen schon die Nachrichten, sie würde wohl doch zu spät kommen.

Toni kam nur fünf Minuten zu spät, doch die Erzieherin empfing sie mit einem Gesicht, als hätte sie ihretwegen auf Frühstück, Mittag und Abendbrot verzichten müssen. Aber vermutlich war sie schon mit heruntergezogenen Mundwinkeln auf die Welt gekommen.

»Schön, dass Sie es einrichten konnten!«, blaffte sie. Toni würdigte sie keines Blickes und ging an ihr vorbei zur Garderobe, wo Mark gerade seine Schuhe anzog.

»Immer kommst du so spät!«, schmollte er.

»Gar nich immer.« Toni hockte sich hin und half ihrem Bruder. »Musste noch mal pullern?«

»Nö!«

»Geh lieber trotzdem noch mal.«

Die Erzieherin verdrehte die Augen und schüttelte den Kopf, als Mark zu den Toiletten lief.

»Und lass dir ruhig Zeit!«, rief Toni ihm hinterher.

Fünf Minuten später saßen sie im Auto, und Toni fuhr zurück auf die Landstraße.

»Ich hab ein' Kran gebaut heute«, erklärte Mark, während er sich Gummibärchen in den Mund schob. »Sogar mit Licht!«

»Cool.« Toni schaute in den Rückspiegel. »Haste mir gar nich gezeigt.«

»Hat Tina weggeräumt. Zeig ich dir morgen vielleicht.«

»Die war ganz schön sauer, oder?«

»Ja, aber die is eigentlich lieb.«

»Echt?«

»Na ja, manchmal nich, aber meistens ja.«

»Verstehe.«

Die Landstraße kerbte sich durch den schwülen Nachmittag, vorbei an abgeernteten Feldern und trockenen Wiesen. Am Horizont türmten sich hohe Wolken, die vermutlich das Gewitter bringen würden, das im Wetterbericht angekündigt worden war.

»Guck mal, der da!« Mark zeigte auf den Fahrradfahrer, den sie gerade überholten und der trotz des warmen Wetters eine fellbesetzte Jacke trug. Bei der Hitze, dachte Toni. Der hat sie ja nich mehr alle.

Sie schaute in den Rückspiegel, wo der Radfahrer jetzt von einem LKW überholt wurde, der sich schnell näherte und Anstalten machte, auch an ihnen vorbeizuziehen. Doch er musste warten, weil ihnen ein Auto entgegenkam.

Und noch eins.

Und da vorn die Kurve.

Und der überholt.

So ein Idiot.

Da vorne das Auto.

Und er überholt.

Rotes Basecap.

Das Auto kommt näher.

Und dann dieses Hupen.

Er guckt nicht mal rüber.

Dann zieht er vorbei.
Sie tritt auf die Bremsen.
Marks offener Mund.
Dann dieses Krachen.
Und keine Straße mehr da.
Der Schrei ihres Bruders.
Ein endloser Schrei.
Ein reißender Schmerz.
Millionen Kristalle.
Ein Glühen im Bauch.
Ein Gleißen im Kopf.
Dann ist es dunkel.
Dann ist es still.

*

»Fünf Minuten«, sagt Toni erschöpft. »Diese scheiß fünf Minuten, weißte. Wär ich pünktlich am Kindergarten gewesen, wär das alles nich passiert.«

Ihr Vater hat Tränen in den Augen.

»Das ist doch Unsinn, Toni.«

»Isses nich. Es is meine Schuld.«

»Nein, es ist die Schuld des Truckers. Er hat dich abgedrängt. Er trägt die Verantwortung. Niemand sonst.«

»Aber wenn ich pünktlich gewesen wär, dann hätte der mich vielleicht später überholt und nich in der Scheißkurve, verstehste? Ich war zu spät, deshalb isses meine Schuld, basta!« Sie zieht ihre Hand aus der des Vaters, nimmt die Beine hoch, umklammert sie mit den Armen und verbirgt den Kopf darin.

»Toni«, ihr Vater streicht ihr über den Kopf. »Hör auf, dich so zu quälen. Es ist nicht deine Schuld. Es war ein beschissener Zufall, dass der auch auf dieser Straße war. Er hat den Unfall verursacht. Und er ist das Schwein, das einfach abgehauen ist. Dafür wird er doppelt büßen.«

Die Sätze hat sie alle schon mal gehört. Von Karl. Und sie hat sie sich selbst gesagt, immer und immer wieder. Sie hätte es gern geglaubt, doch es geht einfach nicht.

»Is schon gut«, sagt sie leise und schnäuzt sich. »Geht eben nich weg, weißte.«

»Ja, ich weiß. Aber ich bin froh, dass du's mir erzählt hast. Und Mama?« Toni starrt auf ihre Füße und wippt hin und her. »Was soll mit der sein. Für die bin ich ja auch die Böse.«

»Ach, das glaub ich nicht, Toni. Vielleicht solltest du –«

»Nich schon wieder, Papa«, sagt Toni genervt. »Die will nix mehr mit mir zu tun haben, und ich mit ihr auch nich. Die hat ihren Film und ich meinen, und gut is. Ich weiß ja noch nich mal, wo die jetz wohnt.«

»Aber ich weiß es.«

»Ach ja?« Sie hält mit dem Wippen inne und schaut ihn ungläubig an. Dann starrt sie wieder auf ihre Füße und wippt weiter. »Und wenn schon. Is mir egal.«

»Wie du meinst.«

Sie schweigen.

»Wann willst du denn eigentlich nach Neuseeland?«, fragt er irgendwann.

»Weiß nich. Wenn ich das Geld zusammen hab.«

»Und wie viel fehlt dir noch?«

»Fünfhundert.«

»Geb ich dir.«

»Echt?« Toni schaut ihn fassungslos an. »So viel? Haste im Lotto gewonnen, oder was?«

»So ähnlich. Läuft ganz gut gerade mit den Aufträgen.«

»Was'n für Aufträge? Biste Auftragskiller oder so?«

»Fast«, sagt er trocken. Toni kichert. »Na dann her mit der Kohle, ich kann schweigen.«

*

Toni würde übrigens auch schweigen, wenn sie wüsste, dass die Antwort ihres Vaters auf ihre Frage nicht ganz falsch war. Er ist da unfreiwillig in eine Sache hineingezogen worden, die … nein, es ist schon ziemlich spät, und Toni hat noch diesen Termin bei der Verlagsfrau. Glücklicherweise wird sie sich genau in diesem Augenblick daran erinnern, ihr Vater wird ein Taxi rufen, sie werden schweigend darin sitzen und Händchen halten, was Toni ein bisschen peinlich ist, aber sie glaubt nicht, dass der Taxifahrer das sieht. Doch er sieht es und denkt sich seinen Teil. Älterer Typ mit jungem Ding – ist doch immer dasselbe, vermutlich hat er Geld, aber nach Geld sieht der nicht aus. Na ja, man irrt sich immer wieder in den Leuten. Neulich zum Beispiel hatte er einen Kunden, der sah aus wie ein Penner und roch auch so, und dann hat er was gesagt, und er hat ihn an der Stimme erkannt, es war dieser berühmte Schauspieler. Oder diese schöne, elegante Frau, die die ganze Zeit den Mund nicht aufgekriegt hat, und dann hat ihr Telefon geklingelt, und sie hat in einem schlimmen Dialekt so viel dummes Zeug erzählt, dass die ganze Schönheit plötzlich zum Teufel war. Oder er selbst, den alle für einen Mann hielten, der aber innen drin eine Frau war, und irgendwann würden es alle sehen. So macht sich die Taxifahrerin ihre Gedanken, während sie ihre beiden stillen Kunden durch die Stadt chauffiert. 14.38 Uhr.

*

Alex legt den Stift beiseite und liest noch einmal, was er geschrieben hat. Es ist dieselbe Geschichte, die er seiner Frau erzählt hat und die von einem Mann handelt, der eines Morgens wie jeden Tag zur Arbeit geht – eine Spedition, die Papierrollen von A nach B transportiert. Er ist pünktlich wie immer, nimmt seinen Auftrag entgegen, besteigt seinen Truck und fährt los. Unterwegs hält er an der Raststätte, wo er immer hält, wenn er diese Tour fährt. Er holt sich seinen Kaffee, raucht seine Zigarette und will gerade weiterfahren, als ihn ein Kollege anspricht. Ob er mal sein Telefon benutzen dürfe, bei seinem sei gerade der Akku alle. Er gibt dem Mann sein Handy, der telefoniert fünf Minuten und gibt es ihm zurück. Fünf Minuten mehr oder weniger, kein Problem. Er fährt weiter. Hört Radio, die Verkehrslage ist normal, bis der Verkehrsfunk vor einer Vollsperrung auf der Autobahn warnt und empfiehlt, Nebenstrecken zu benutzen. Also an der nächsten Abfahrt runter auf die Landstraße. Dort geht es etwas mühsamer voran, aber noch ist keine Not. Dann ist dieser Traktor vor ihm, und er kann ihn nicht überholen, zu viel Gegenverkehr. Irgendwann wird er ungeduldig, diese Umfahrung kostet ihn wertvolle Zeit. Die Minuten schwinden, er ist gereizt. Irgendwann biegt der Traktor ab, er gibt Gas. Und dann der Kombi vor ihm. Altes Modell, langsam, alte Leute vermutlich oder fährt nur noch auf einem Topf. Er will überholen, doch wieder ein Auto auf der Gegenspur.

Und noch eins.

Und da vorn die Kurve.

Na und. Die schafft er.

Dreht das Radio lauter.

Muss er schaffen.

Er überholt.

Junges Mädchen am Steuer.

Guckt ihn an. Soll sie gucken. Schafft er schon.

Da vorn das Auto.

Er hupt.

Der andere hupt auch.

Schnell wieder rüber, sonst ist der Matsch.

Er zieht nach rechts. Das wird eng.

Zu eng.

Dann dieses Krachen.

Metall auf Metall.

Der Anhänger schlingert.

Kurve vorbei, alles vorbei.

Er fährt weiter.

Die Strecke ist gerade.

Keiner hinter ihm.

Keiner.

Er hat den Kombi erwischt, doch bestimmt nur ein bisschen. Sie ist stehengeblieben, muss sich erholen, war auch ein Schreck. Aber wenn … er nimmt den Fuß vom Gas und will bremsen, doch er bremst nicht und geht wieder aufs Gas. Es ist nichts passiert, denkt er. Alles ist gut. Er fährt und fährt und hält erst an, als der Verkehrsfunk den Unfall meldet. Vollsperrung. Er steigt aus und kotzt. Er ist einfach weitergefahren. An diesem Tag und überhaupt.

Aber so ist das eben – in jedem steckt auch ein anderer. In jedem Tapferen ein Feigling, in jedem Zärtlichen ein Grobian, in jedem Ehrlichen ein Lügner, in jedem Guten ein Schlechter. Unser Paralleluniversum sind wir uns selbst, ob wir wollen oder nicht. Und überhaupt, die Sache mit dem Willen. Die Hirnforscher sagen, das Unterbewusstsein kenne unsere Entscheidung, bevor wir sie treffen. Und nach dem Crash hat es beschlossen, dass er weiterfahren muss. Was hätte er dagegen tun können. Nichts. Gar nichts. Der freie Wille ist eine Illusion. Sein

Unterbewusstsein ist das Arschloch, nicht er. Es tut ihm so leid. Alles. Doch er ist bereit, die Konsequenzen zu tragen. Sehr spät, doch vielleicht nicht zu spät.

Alex setzt seinen Namen, seine Adresse und seine Telefonnummer unter den Brief, faltet das Blatt zusammen, steckt es in seine Tasche, gibt der Kassiererin den Stift zurück und verlässt die Cafeteria. Er steigt in den Fahrstuhl, der ihn in den achten Stock bringt. Er geht zum Zimmer seiner Tochter und legt die Hand auf die Klinke. Eben fand er es noch richtig, zurückzukommen, doch jetzt scheint es absurd. Was soll er sagen? Was soll seine Frau sagen? Sie müssten seiner Tochter etwas vorspielen, und die Kleine ist nicht dumm, sie würde es merken. Er lässt die Klinke wieder los, da öffnet sich die Tür. Die Krankenschwester mit einem Tablett. »Huch!«, sagt sie und lacht. »Na, das wäre ja fast schiefgegangen. Gehen Sie rein, Sie werden schon erwartet.«

Er geht hinein. Seine Tochter strahlt, die neue Puppe im Arm, seine Frau schaut woandershin.

»Du hast aber lange telefoniert, Papa.«

Seine Frau hat also damit gerechnet, dass er zurückkommen würde, das ist gut.

»Entschuldige, Süße«, sagt er und setzt sich auf seinen Stuhl. »Aber jetzt bin ich wieder da.« Er streichelt ihr über den Kopf. »Tut's denn noch weh?«

»Nur ein bisschen«, sagt das Mädchen. »Ich darf auch bald wieder nach Hause.«

»Das ist gut.«

Plötzlich füllen sich seine Augen mit Tränen.

»Papa, was hast du?«

Seine Frau schaut ihn an. Keine Regung in ihrem Gesicht. Verständlich, denkt er.

»Nichts. Ich … ich freu mich nur so, dich zu sehen, und ich will, dass du schnell gesund wirst.«

»Na logisch. Was hast du denn gedacht? Kommst du denn bald wieder nach Hause?«

Er sieht zu seiner Frau. Keine Reaktion.

»Ganz bestimmt«, sagt er unsicher. »Dann können wir was Schönes bauen mit dem –«

»Musst du nicht los?«, unterbricht ihn seine Frau. Er schluckt. »Ja, stimmt. Ich muss los.« Er steht auf, gibt seiner Tochter einen Kuss und wendet sich zum Gehen.

»Gibst du Mama denn keinen Kuss?«

»Natürlich.«

Er geht zu seiner Frau, küsst sie auf die Stirn und umarmt sie. Sie ist stocksteif.

»Ich ruf dich an.«, flüstert er. Sie antwortet nicht. Leise schließt er die Tür hinter sich und geht.

*

Das Taxi hält, Toni und ihr Vater steigen aus. Es ist kurz vor drei. Er schlägt ihr vor, sie wieder abzuholen, er könnte inzwischen das Geld für Neuseeland holen, und vielleicht essen sie dann noch zusammen. In einer

Stunde? Toni ist einverstanden. Sie gibt ihm einen Kuss und geht in das Verlagsgebäude. Am Einlass sitzt ein kleines dünnes Männchen, das sie an jemanden erinnert. Sie muss grinsen. Der Mann hinter dem Counter schaut sie argwöhnisch an. Wo sie denn hin wolle. Sie nennt den Namen der Verlagsfrau und ihren eigenen. Der Mann greift zum Hörer und telefoniert, während er Toni mit heruntergezogenen Mundwinkeln mustert. Sie hört nicht auf zu grinsen. Er legt den Hörer auf. Was denn so lustig sei. Nichts weiter. Was es dann zu grinsen gebe. Sie zuckt mit den Schultern. Er verdreht die Augen und nennt ihr die Zimmernummer. Dritter Stock, sagt er und zeigt mit nikotingelbem Finger auf den Fahrstuhl. Kurz darauf steht sie im Büro der Verlagsfrau, die sich von ihrem Schreibtischstuhl erhebt. Sie ist groß und sehr schön. Sie reicht Toni die Hand, sie freue sich, sie endlich kennenzulernen, sie solle doch Platz nehmen, ob sie einen Kaffee wolle. Toni nickt. Die Verlagsfrau sagt ihrer Sekretärin Bescheid, sie setzen sich.

Toni betrachtet das Bild über dem Schreibtisch. Ein Poster mit einer Luftaufnahme, die ein paar Felder zeigt und mittendrin eine riesige Gitarre. Die Verlagsfrau folgt ihrem Blick. »Das ist in Argentinien«, erklärt sie. »Ein Gitarrenwald. Ein Bauer hat den für seine Frau angelegt, sie hatte sich das immer gewünscht, doch es war nie Zeit dafür. Und als sie dann gestorben war, hat er ihr den Wunsch erfüllt. Jetzt kann sie ihn von oben sehen.«

»Abgefahren«, sagt Toni und legt den Kopf schief. »Hat er den denn auch schon von oben gesehen?«

»Nein. Er hat Flugangst. Er kennt nur die Fotos davon.«

»Und warum haben Sie's da hängen?«

Die Sekretärin kommt herein und bringt Kaffee.

»Weil es ein schönes Bild ist. Und eine gute Geschichte. Und damit sind wir auch schon bei Ihrem Winterkind und Herrn Jemineh.«

»Sie haben unten auch einen«, sagt Toni und nippt an ihrer Tasse.

»Einen was.«

»Einen Herrn Jemineh.«

»Ach.« Die Verlagsfrau gießt etwas Sahne in ihren Kaffee und rührt in der Tasse. »Wen denn?«

»Den Pförtner.«

»Stimmt, jetzt wo Sie's sagen … Dann haben wir ja noch einen Grund mehr, aus Ihrer Geschichte ein Buch zu machen. Haben Sie weitergearbeitet?«

»Klar«, sagt Toni und zieht ihre Zeichenmappe aus dem Rucksack.

*

Alex steht in einem Schreibwarenladen. Er diskutiert mit der Verkäuferin, weil diese ihm keinen einzelnen Briefumschlag verkaufen will. Die gebe es nur im Zehnerpack, sagt sie. Er brauche aber nur einen. Da habe sie die mit Blumendruckmuster oder aus Büttenpapier. Nein, danke, er wolle einen ganz normalen Umschlag ohne Pipapo. Da könne sie nichts machen, und ob er nicht einfach das Zehnerpack kaufen wolle, es werde doch sicher nicht der letzte Brief sein, den er schreibt.

»Vielleicht ja doch«, sagt Alex. Die Frau guckt ihn verständnislos an. »Sehr witzig«, sagt sie. »Jetzt nehmen sie schon die zehn, die kosten ja nicht die Welt.«

»Sie verstehen nicht, worum es geht.«

»Ach.« Die Frau stützt die Arme in die Hüften. »Und worum geht es, wenn ich fragen darf?«

»Das geht Sie nichts an.«

»Tsss … dann eben nicht.«

Natürlich könnte er ein Zehnerpack kaufen, das wäre überhaupt kein Problem, doch es erscheint ihm falsch, warum, weiß er auch nicht so genau.

»Gut«, sagt er schließlich. »Wenn Sie mir diesen Umschlag nicht verkaufen, besorge ich ihn mir woanders. Schönen Tag noch.«

»Sie mich auch«, ruft die Frau ihm beleidigt hinterher.

*

Die Verlagsfrau legt die letzte Zeichnung zurück in die Mappe und schließt sie zufrieden. Das sei sehr schön, sie könne sich vorstellen, dass das Buch im nächsten Jahr schon erscheint.

»So schnell? Aber da bin ich vielleicht gar nich da.«

»Ach nein? Warum denn nicht?«

»Da bin ich vielleicht in Neuseeland.«

»Was machen Sie denn in Neuseeland?«

»Weiß ich noch nich, da wohnt ein Freund.«

»Ich verstehe«, sagt die Verlagsfrau. »Ein großes Abenteuer.«

»Keine Ahnung«, sagt Toni achselzuckend. »Hauptsache weg.«

»So schlimm?«

»Nö, schlimm nich. Aber toll eben auch nich gerade.«

Die Verlagsfrau schaut sie nachdenklich an.

»Ich glaube, das Gefühl kenn ich.«

Sie schweigen einen Moment.

»Ich könnte jetzt eine rauchen«, sagt die Verlagsfrau. »Rauchen Sie?«

»Nö. Jedenfalls keine Zigaretten.«

Die Verlagsfrau schmunzelt.

»Kommen Sie trotzdem mit nach draußen?«

»Klar.«

Die Verlagsfrau nimmt ihre Jacke, Toni folgt ihr durch den Flur und zwei Treppen hinauf auf das Dach des Gebäudes. Der Wind pfeift, sie zieht den Reißverschluss ihrer Lederjacke hoch. Sie stellen sich in eine geschützte Ecke hinter dem Lüftungsschacht, die Verlagsfrau zieht eine Zigarette aus ihrem Päckchen und zündet sie sich mit einem altmodischen Feuerzeug an. Hier komme sie manchmal hoch, wenn sie keine Lust mehr habe. Also nicht nur zum Rauchen, das Rauchen sei nur ein Vorwand, aber in letzter Zeit rauche sie ziemlich viel. Warum? Ach, das habe viele Gründe und würde zu weit führen. Aber sie sei an einem Punkt, wo sie auch nach Neuseeland gehen könnte, oder woandershin. Vielleicht möge sie auch deshalb das Winterkind so. Weil das Mädchen keinen Plan habe und sich einfach treiben lasse. Und das habe sie ja offenbar mit der Autorin gemeinsam. Sie beneide solche Menschen. Die Verlagsfrau schaut gedankenverloren in die Ferne.

»Menschen, die sich treiben lassen, anstatt getrieben zu sein, verstehen Sie? So wie Ihr Winterkind. So wie Sie. Oder so wieder der Mann, der mir Ihre Adresse gegeben hat.«

»Hut … Sie meinen Wunderlich?«

Die Verlagsfrau zieht an ihrer Zigarette und schaut Toni an.

»Ja, genau. Wunderlich.«

»Kennen Sie den gut?«

»Ja. Er war der Freund meiner kleinen Schwester.«

»Ihre Schwester?«

»Ja, sie hat sich von ihm getrennt vor einer Weile. Hat ganz schön gelitten, der arme Kerl. Aber dann hat er eben auch eine Reise gemacht. Ist einfach in den Zug gestiegen und losgefahren. Und da hat er ja dann Sie getroffen. Hat sehr von Ihnen geschwärmt, nicht nur von Ihren Zeichnungen.«

»Echt?«

»Allerdings. Ich glaube sogar, Sie haben ihm ein bisschen den Kopf verdreht.«

Und warum ist der Idiot dann nicht wiedergekommen, denkt Toni. Doch sie behält die Frage für sich.

»Jedenfalls«, fährt die Verlagsfrau fort, »hätte ich auch gern diesen Mut. Einfach alles stehen- und liegenlassen und weggehen.«

»Und warum machen Sie's dann nich?«

»Ja, warum eigentlich nicht«, sagt die Verlagsfrau nachdenklich. »Aber vermutlich bin ich nicht besonders gut im Loslassen.«

»Hm.«

»Würden Sie manchmal auch gern die Zeit zurückdrehen und was ändern?«

Toni schweigt. Die Verlagsfrau schaut sie von der Seite an.

»Also ja.«

»Ja.«

»Ich auch«, seufzt die Verlagsfrau, zieht noch ein letztes Mal an ihrer Zigarette und tritt sie aus. »Aber lassen wir das. Es ist kalt, gehen wir wieder runter.«

*

Alex läuft durch die Schreibwarenabteilung eines Kaufhauses. Auch hier gibt es keine einzelnen Briefumschläge. Er schaut sich um, dann öffnet er ein Zehnerpack, zieht einen Umschlag heraus und steckt ihn in die Tasche. Als er das Kaufhaus verlassen will, hält ihn jemand am Arm fest. Ein Schrank von einem Kerl. Der Hausdetektiv. Er solle seine Tasche öffnen. Nein, warum. Der andere verdreht die Augen. Sein Job macht ihm offenbar nicht allzu viel Spaß, denkt Alex. Also gut. Er befreit sich aus dem Griff des Mannes und rennt weg.

*

Was um alles in der Welt ist in den Detektiv gefahren? Warum erledigt er nicht seinen Job und hält Alex fest? Es wäre ein Leichtes für ihn gewesen. Aber wie Alex schon richtig beobachtet hat: Er hat einfach keine Lust. Es ist ihm egal, ob der Mann davonkommt oder nicht. Und was würde es für diese Geschichte bedeuten, wenn er ihn aufgehalten hätte? Wäre der Plan, dass Alex Toni innerhalb von vierundzwanzig Stunden treffen würde, aufgegangen, oder hätte die Geschichte einen ganz anderen Verlauf genommen? Und spielt das eine Rolle? Natürlich spielt es eine Rolle, denn dann wäre es vorbei mit dieser Geschichte. Dann wären wir schön angeschmiert. Der ganze Plan null und nichtig. Oder doch nicht? Vielleicht würde irgendein Zufall dazu führen, dass die beiden sich doch noch über den Weg laufen. Das wäre doch möglich. Und es würde im Grunde auch der Theorie entsprechen, dass jede der unendlich vielen Versionen unserer selbst in einem der unendlich vielen Universen diese Geschichte in einer vielleicht nur minimal abgewandelten Variation erlebt. Diese Idee würde Alex auf jeden Fall mögen.

*Doch wie der Zufall es will, ist er jetzt erst mal auf der Flucht.
15.53 Uhr.*

*

Toni und die Verlagsfrau reden über das Buch. Man müsse ja nichts überstürzen, vielleicht solle Toni einfach erst mal nach Neuseeland gehen, dort könnte sie an der Geschichte weiterarbeiten. Sie könne einen Vorschuss bekommen, nicht viel, aber vielleicht würde ihr das helfen, da drüben auf der anderen Seite der Welt.

»Echt?«

»Natürlich. Dann müssen Sie mir aber auch versprechen, sich zu melden und mir zu erzählen, wie es da so ist. Wer weiß, vielleicht komm ich ja nach.«

Toni kann ihr Glück nicht fassen. Na klar, sie werde sich melden.

»Lassen Sie mir eine Zeichnung da? Als Pfand?«

Toni zieht ein Blatt aus ihrer Mappe und gibt es der Verlagsfrau, die beiden verabschieden sich, Toni geht zur Tür, dann fällt ihr etwas ein.

»Wissen Sie, was Wunderlich so macht?«

»Nein, ich hab ihn länger nicht gesehen. Wollen Sie seine Telefonnummer, dann können Sie ihn selbst fragen.«

Toni nickt. Die Verlagsfrau schaut in ihr Notizbuch, schreibt die Nummer auf einen Zettel und gibt ihn ihr.

»Danke.«

»Grüßen Sie ihn, wenn Sie mit ihm sprechen.«

»Mach ich.«

Toni verlässt das Büro.

*

Alex steht atemlos an einer Häuserecke. Wegen eines Briefumschlags, wirklich lächerlich.

»Na, junger Mann? Sind wir auf der Flucht?«

Ein Typ sitzt ein paar Meter entfernt auf einem zusammengerollten Schlafsack und schaut ihn belustigt an. Langes graues Haar, dünner Bart, Parka, in der Hand einen Kaffeebecher, in dem vermutlich ein paar Münzen liegen. Alex kramt in seiner Hosentasche, geht zu ihm hinüber und wirft ein paar Münzen hinein.

»Danke schön, das ist sehr freundlich«, sagt der andere. »Aber ich pflege meinen Kaffee lieber ohne Kleingeld zu genießen.«

Alex wird rot und sieht erst jetzt, dass der Mann unter seinem Parka einen Anzug und ein strahlend weißes Hemd mit Krawatte trägt. »Doch wer weiß«, fährt dieser fort und schaut nachdenklich in den Becher. »Vielleicht wertet Ihre Gabe dieses Getränk ja auf.« Er nippt, schließt die Augen, dann schüttelt er den Kopf. »Nein, leider nicht. Wirklich schade. Doch zurück zu meiner Eingangsfrage«, sagt er und stellt den Becher beiseite. »Sind wir auf der Flucht?«

»Nein«, lügt Alex. »Sie etwa?«

»Mitnichten«, sagt der Mann. Mitnichten, denkt Alex. Was redet der denn so geschwollen. »Ich habe schon vor langer Zeit damit aufgehört«, fährt der andere fort. Offenbar vor sehr langer Zeit, denkt Alex. Und gleich wirst du mir deine Geschichte erzählen. »Würden Sie mir das Vergnügen Ihrer Gesellschaft machen?«, fragt der Mann. »Dann erzähle ich Ihnen meine Geschichte.«

Alex zögert. Der Typ ist ihm unheimlich. »Na kommen Sie schon, nehmen Sie Platz«, sagt der und klopft neben sich auf die Erde. »Oder nein, warten Sie.« Er steht auf und rollt den Schlafsack aus. »Bitte schön«, sagt er mit einer Geste, als würde er Alex ein kostbares Sitzmöbel anbieten.

»Danke, das ist nett, aber ich –«

»Sie haben keine Zeit.«

»Genau, ich bin –«

»Sie sind auf der Flucht, ich weiß. Doch ich lese in Ihrem Gesicht auch, dass Sie gerade nichts Besseres zu tun haben. Also machen Sie mir doch die Freude und setzen Sie sich zu mir.«

Na gut, denkt Alex. Der Tag ist eh gelaufen, also was soll's. Er setzt sich, und schaut zu, wie der Mann eine Weinflasche, einen Korkenzieher und einen kleinen Karton mit zwei Gläsern aus seinem Beutel zieht. Komischer Kauz, denkt er. Widerspruch auf zwei Beinen.

»Ich weiß, was Sie denken«, sagt der Mann und betrachtet das Etikett der Flasche, als handele es sich um einen besonders edlen Tropfen. »Aber das macht dieses Leben doch interessant, finden Sie nicht?«

»Ich kenne mich mit Wein nicht so gut aus«, sagt Alex verwirrt.

»Das macht nichts«, sagt der Fremde. »Und das meine ich auch nicht. Ich meine Sie. Sie versuchen zu ergründen, wer oder was ich bin.«

»Das stimmt.«

»Und?« Der Mann öffnet die Flasche und riecht mit geschlossenen Augen am Korken. »Was denken Sie?«

Alex betrachtet ihn von der Seite. Sein Alter ist schwer zu schätzen. Sein Gesicht verwittert, die Hände knochig und mit Altersflecken übersät, doch er wirkt nicht alt.

»Ich weiß nicht«, sagt er.

»Die durchschnittliche Lebenserwartung liegt heute bei etwa achtzig Jahren.« Der Mann scheint mit dem Geruch des Korkens einverstanden und schenkt ein. »Das sind neunundzwanzigtausendzweihundert Tage.« Er reicht Alex ein Glas, hält seins nach oben und prüft mit kritischem Blick die Farbe des Inhalts.

»Neunundzwanzigtausendzweihundertzwanzig«, korrigiert Alex. »Sie haben die Schaltjahre vergessen.«

»Ach je, und das mir. Sie haben völlig recht, junger Mann.« Er nippt an seinem Glas und nickt zufrieden. »Die Hälfte von dem, was ich schaffen muss, hab ich geschafft.«

Also vierzig, denkt Alex. Er sieht doppelt so alt aus, das macht wohl das Leben auf der Straße.

»Das Leben auf der Straße …«, greift der andere seinen Gedanken auf, »… hat einiges für sich. Die Uhren ticken anders.«

»Wie das?«

Der Mann schaut ihn an.

»Sie waren heute den ganzen Tag unterwegs, nicht wahr?«

»Woher wissen Sie das?«

»Man sieht es Ihnen an.«

Er spricht in Rätseln, denkt Alex und nippt ebenfalls an seinem Glas. Der Wein schmeckt gut, er nimmt gleich noch einen Schluck.

»Nicht so hastig, junger Freund. Dieser Tropfen hat es in sich.«

*

Toni steht vor dem Verlagsgebäude und wartet seit zehn Minuten auf ihren Vater. Sie will gerade gehen, als er um die Ecke gehetzt kommt. Er wirkt angespannt und schaut sich nervös um.

»Entschuldige bitte, ich bin … aufgehalten worden.«

»Ach Papa«, sagt Toni. »Is doch immer dasselbe mit dir.«

»Jaja …« Wieder blickt er um sich. »Lass uns schnell gehen. Ich bring dich zum Bahnhof.«

Toni ist enttäuscht. Sie hatte sich gerade vorgenommen, ihrem Vater alles zu verzeihen. Seinen Egoismus, seine Gedankenlosigkeit, alles. Sie wollte ihm beim Essen von dem Gespräch mit der Verlagsfrau erzählen und dass sie sein Geld nicht brauchen würde, aber jetzt …

»Brauchste nich, komm ich alleine hin«, sagt sie kühl. »Aber kannste mir noch die Kohle geben für Neuseeland?«

»Das … das …« Wieder dieser gehetzte Blick nach hinten. »Das hab ich nicht geschafft … die Bank war schon zu. Aber ich bring es dir. Morgen. Oder übermorgen, okay?«

Irgendwas stimmt hier nicht, denkt Toni.

»Was is'n los mit dir?«

»Nichts, nichts … komm, lass uns hier bitte verschwinden.«

Er hakt sie unter und zieht sie mit sich, widerwillig lässt sie es zu.

*

Alex hat das Glas geleert, der Mann will ihm nachschenken. Nein, lieber nicht, er habe genug, sagt er und legt die Hand auf das Glas. Er fühlt sich plötzlich sehr erschöpft.

»Geht es Ihnen nicht gut?«, fragt ihn der Mann mit besorgtem Blick

»Es geht schon«, antwortet Alex. »Es war ein langer Tag.«

»Das kann ich mir denken. Sie haben heute mehr erlebt, als andere in ...« Er denkt kurz nach. »Sieben Jahren, hab ich recht?«

»Was?« Alex ist fassungslos. »Wie kommen Sie darauf?«

»Nur so«, sagt der Mann gleichmütig. »Sieben ist meine Lieblingszahl. Es ist die Zahl des Glücks und des Unglücks, die Zahl der Märchen, die Bibel zählt sieben Todsünden, es gibt sieben Weltwunder – die Sieben zieht uns magisch an, und das, obwohl sie in der Natur quasi nicht vorkommt. Schon seltsam, oder?«

»Aber die Woche hat sieben Tage, das gibt uns die Zeit vor, und die Zeit liegt doch gewissermaßen in der Natur.«

»Ach.« Der Mann schaut ihn amüsiert an. »Tut sie das?«

»Nicht?«

»Nun, ich wäre mir da nicht so sicher.«

»Warum nicht?«

»Weil ich dann nicht hier wäre.«

Er ist verrückt, denkt Alex. Und überhaupt, er sollte jetzt besser gehen.

»Sie denken, ich sei verrückt«, unterbricht der Mann seine Gedanken. »Das würde ich an Ihrer Stelle auch tun. Aber ich kann Ihnen beweisen, dass ich nicht verrückt bin. Haben Sie Lust auf ein Experiment?«

Er ist verrückt, aber er ist interessant, denkt Alex und willigt ein.

»Sehr gut«, sagt der Mann. »Dann machen Sie jetzt

einen kleinen Spaziergang. Sie gehen dort bis zur Kreuzung, da biegen Sie links ab, und dann werden Sie weitersehen.«

Was für ein Spinner, denkt Alex. Doch er ist neugierig. »Einverstanden«, sagt er, steht auf, geht bis zur Kreuzung und dann nach links. Kurz darauf klingelt sein Telefon. »Jetzt gehen Sie bis zum Fluss«, sagt die Stimme des Mannes. »Dort liegt ein Boot, damit können Sie zurückrudern.«

Woher hat der seine Nummer?

»Zurück … wohin?«

»Zurück in der Zeit. Zu dem Moment, den Sie ändern wollen.«

»Was zum …«

Der Mann hat aufgelegt. Alex geht bis zum Fluss, dort liegt tatsächlich ein Boot. Er steigt ein und rudert los. Wieder klingelt sein Telefon. »Falsche Richtung«, sagt der Mann. »Sie müssen stromaufwärts rudern.«

»Stromaufwärts? Aber das schaffe ich nicht, die Strömung –«

»Das schaffen Sie. Und anders geht es auch nicht. Da wo Sie hinmüssen, ist der Anfang, und der Anfang liegt immer stromaufwärts.«

»Was für ein Anfang?«

»Das werden Sie dann schon sehen. Rudern Sie, junger Freund, rudern Sie.«

Alex wendet das Boot und rudert stromaufwärts. Es ist schwer. Sehr schwer. So als würde die Strömung mit jedem Ruderzug stärker. An seinen Händen wachsen Blasen, er kann regelrecht zusehen, wie sie größer werden. Und seine Arme schmerzen. Und dieses Stechen im Rücken. Und dieses Brennen im Bauch. Er hat einmal gehört, man solle nie auf die ganze Strecke schauen, wenn es gegen den Strom geht, das sei desillusionierend. Man solle die Gegend betrachten und sich an der Landschaft erfreuen. Also betrachtet Alex die Gegend, doch da gibt es nichts zu sehen. Nur die endlose Flussmauer, die in regelmäßigen Abständen mit demselben Graffiti besprüht ist.

HEUTEWARMORGENGESTERN

Alex versucht, den Text zu entschlüsseln, doch ihm tut alles weh. Die Blasen an seinen Händen platzen auf, seine Arme sind wie Blei, sein Körper steht in Flammen. Aber er rudert wie besessen. Und die Strömung wird stärker. Und dann endlich … in der Ferne ein Steg. Dort würde er anlegen und sich ausruhen. Nur einen Moment. Die Hoffnung zwingt die letzte Kraft aus seinen Armen und den blutenden Händen. Er rudert schneller, nur noch ein paar Meter. Der Mann von eben betritt den Steg. »Sie können hier nicht anlegen«, sagt er.

»Warum nicht?«

»Das ist nicht vorgesehen.«

»Aber ich kann nicht mehr!«

»Dann kehren Sie um«, sagt der Mann und stößt mit

dem Fuß das Boot zurück. Es schlingert, ein Ruder fällt ins Wasser, es treibt zurück, immer schneller. Aus dem Fluss wird ein reißender Strom, und da vorn die Brücke, und auf der Brücke steht der Mann und winkt. Nein, es ist nicht der Mann, es ist … er selbst.

»Aber ich will nicht zurück!«, schreit er sich entgegen. »Dann ist es wohl so«, sagt sein Ich auf der Brücke, seine Stimme ganz nah. »Sieben Jahre für die Katz«, sagt sie höhnisch.

Ein Strudel erfasst das Boot, es dreht sich, es kentert, Alex geht über Bord und … erwacht.

»Und die Katze hat sieben Leben«, sagt der Mann neben ihm. »Und dann heißt es ja auch, dass sich der Mensch alle sieben Jahre verwandelt, nicht wahr?«

»Ich bin …«

»Ich weiß«, sagt der Mann und weist nachdenklich auf die inzwischen leere Flasche Wein zwischen ihnen. »Es war vielleicht doch ein bisschen zu viel des Guten.«

»Aber ich hab doch nur ein Glas getrunken.«

»Sie schon, ich nicht. Doch nach einem Tag wie diesem, kann man sich das ruhig mal gönnen. Nichtsdestotrotz …«, er erhebt sich, »… ist es für mich an der Zeit, mich von Ihnen zu verabschieden. Es war mir ein Vergnügen, Ihre Bekanntschaft zu machen.« Er reicht Alex die Hand und geht. Was ist heute nur los, denkt der. Ist die Welt verrückt geworden, oder bin ich es? Er betrachtet die leere Weinflasche. Wirklich verrückt, denkt er.

Ein Pärchen geht an ihm vorbei. Der Mann älter als die junge Frau, die ihm irgendwie bekannt vorkommt. Dieses Kleid, diese Lederjacke – er hat sie heute schon mal gesehen. Im Zug. Nein auf dem Bahnhof, sie hat den Zug verpasst. So ein Zufall. Er schaut den beiden nach. Der Mann dreht sich immer wieder um, als würde er verfolgt. Plötzlich reißt sich die junge Frau von ihm los und bleibt stehen.

*

»Ey, Papa! Ich hab kein' Bock, hier so durch die Gegend zu rennen, das geht mir echt auf'n Sack!« Ihr Vater schaut sie mit einem verzweifelten Ausdruck an. »Ja, ich weiß, das ist doof. Aber ich kann dir das jetzt nicht erklären. Morgen, okay? Morgen oder übermorgen komme ich zu dir und erzähl es dir, aber nicht jetzt.«

»Was is'n los? Hast du Probleme, oder was?«

»Ach Quatsch. Mach dir keine Gedanken, es ist alles gut.« Er schaut sich noch einmal um, dann entspannen sich seine Züge. »Lass uns vielleicht doch noch eine Kleinigkeit essen, ja?« Toni schaut ihn argwöhnisch an. »Papa, ich kenn dich. Irgendwas stimmt nich mit dir.«

»Ach was, Süße.« Er hakt sie wieder unter. »Lass uns da in den Imbiss gehen, der ist ganz gut.«

*

Alex ist unentschlossen, was er jetzt tun soll. Sein Plan erscheint ihm nicht mehr richtig. Er holt den Brief aus der Tasche und liest ihn ein weiteres Mal. Er will ihn in den gestohlenen Umschlag stecken, doch dann hält er plötzlich inne. Sein Blick fällt auf die leere Weinflasche. Das ist besser, denkt er, kippt die letzten Tropfen auf den Bürgersteig, rollt den Brief zusammen, steckt ihn in die Flasche und verschließt sie mit dem Korken. Böser Geist, jetzt bist du in der Flasche. Und wer dich findet, wird schon wissen, was zu tun ist.

Er stellt die Flasche neben sich. Noch fünf Minuten, denkt er. Dann geh ich los.

*

Toni sitzt ihrem Vater gegenüber und isst Pommes frites, während er einen Kaffee trinkt und immer wieder aus dem Fenster schaut, als suche er jemanden. Sie hat keine Lust, ihn auszuquetschen. Wenn er nicht drüber reden will, dann eben nicht. Dann eben Themawechsel.

»Sag mal, Papa«, beginnt sie und studiert dabei eingehend die Form des fettigen Kartoffelstäbchens zwischen ihren Fingern. »Der Schöne Ringo – wie gut kennste den eigentlich?«

Ihr Vater schaut sie verständnislos an.

»Wie kommst du jetzt darauf?«

»Nur so. Der hat da neulich mal was kucken lassen.«

»Ach ja? Was denn?«

»Mama und er – war da mal was?«

Wenn der Blick ihres Vaters eben noch finster war, jetzt wurde darin tiefschwarze Nacht.

»Papa?«

»Ja, da war mal was. Und zwar ein bisschen mehr als *was*.«

»Achduscheiße, echt?«

»Achduscheiße, ja.«

»Und?«

»Nix und. Ich hab's irgendwann mitgekriegt und ihn verprügelt.«

»Du hast ... den Schönen Ringo verprügelt?«

Toni muss sich zusammenreißen, um nicht loszuprusten.

»Was ist daran so lustig«, brummt ihr Vater. »Traust du mir das etwa nicht zu?«

»Nee«, sagt sie grinsend und stopft sich ein paar Pommes in den Mund. »Irgendwie nich so.«

»War aber so. Was meinst du, wo der seine Zahnlücke her hat.«

»Aus Palermo«, schmatzt Toni. »Hat sich mit der Mafia angelegt.«

»Jaja«, seufzt ihr Vater. »Und ich bin der Kaiser von China.«

Abgefahren, denkt Toni. Sie hat ihren Vater immer für einen Schluffi gehalten, aber nein, so kann man sich irren.

»Und dann?«, will sie wissen.

»Nichts. Damit war die Sache beendet. Ich habe deine Mutter verlassen.«

»Deshalb?«

»Na ja, sagen wir, es war der berühmte Tropfen, der das Fass zum Überlaufen gebracht hat. Ich wollte sowieso weg, hab eigentlich nur auf einen Anlass gewartet, und da war er. Aber ich hab deine Mutter geliebt, sonst wär mir das mit Ringo egal gewesen.«

»Versteh ich nich«, sagt Toni traurig und schiebt den Teller weg. Sie hat keinen Hunger mehr. Themawechsel. »Du musst mir das Geld übrigens nich geben für Neuseeland, ich krieg was für das Buch, das is mehr.«

»Wirklich?« Das Gesicht ihres Vaters hellt sich wieder auf. »Das ist ja toll!«

»Ja, toll. Könn' wir jetz los? Ich hab noch was vor.«

»Was denn? Ich denk, du willst zum Bahnhof.«

»Nee Papa, das wolltest *du*. Ich hab noch was vor.«

»Was denn?«

»Erst mal raus hier.«

*

Alex sitzt noch immer auf dem Schlafsack und schaut dem Treiben zu. Leute gehen an ihm vorbei. Kaum jemand würdigt ihn eines Blickes. Wahrscheinlich halten sie mich für einen Penner, denkt er. Und na ja, irgendwie bin ich das ja auch. Eine alte Frau mit Rollator nähert sich, ist das nicht … genau, die Oma, die es vorhin gerade noch bei Grün über die Ampel geschafft hat und die sein Zünglein an der Waage war in dem hypothetischen Schicksalsspiel. Zufälle gibt's. Also gut, Oma, denkt er. Wenn du mich anguckst, wird alles gut, und wenn nicht, dann nicht. Langsam bewegt sich die alte Frau, behutsam setzt sie einen Fuß vor den anderen und schiebt tapfer ihren Rollator durch eine Welt, deren Uhren ganz anders zu ticken scheinen als ihre. Jetzt ist sie fast neben ihm und … schaut ihn an. Na also, denkt Alex. Alles wird gut. Er lächelt, sie lächelt zurück.

Und da kommen die zwei von vorhin. Vielleicht doch kein Pärchen, eher Vater und Tochter. Sie scheinen sich vertragen zu haben. Auch die junge Frau schaut kurz zu ihm herüber. Ihr Blick ist erstaunt, aber es ist die Art des Staunens von Leuten, die selten andere Leute auf der Straße sitzen sehen. Er sieht auf die Uhr. 16.42 Uhr. Zeit, zu gehen.

*

Tonis Vater legt den Arm um ihre Schulter, sie ist froh, dass er es tut. Sie gehen an einem Mann vorbei, der an einer Häuserwand sitzt. Komisch, denkt sie. Er sieht nicht aus wie ein Penner, eher wie einer, der verlorengegangen ist. Egal, denkt sie.

»Kann ich mal dein Telefon haben?«, fragt sie ihren Vater. Er holt es aus seiner Hosentasche. »Scheiße. Der Akku ist alle.«

»Typisch«, sagt sie trocken und schaut sich um. »Da drüben is 'ne Telefonzelle, nehm ich eben die.« Sie wechseln die Straßenseite. Toni geht in die Telefonzelle, ihr Vater wartet draußen.

*

Alex steht auf und will gerade die Weinflasche in seine Tasche stecken, als ihn ein Fahrradfahrer streift. Die Flasche fällt ihm aus der Hand und rollt über den Bürgersteig auf die Straße. »Ey du Arsch! Kannst du nicht aufpassen? Was hast du auf dem Gehweg verloren!«

Wütend schaut er dem Mann hinterher.

*

Toni steht in der Telefonzelle, zieht den Zettel der Verlagsfrau aus der Jackentasche und wählt die Nummer, die darauf steht. Sie ist aufgeregt.

*

Alex schaut dem Fahrradfahrer hinterher und schüttelt verärgert den Kopf. Die Flasche ist bis zur Mitte der Fahrbahn gerollt. Die Autos haben noch Rot. Das schaffe ich locker, denkt er und betritt die Straße.

Ein paar Meter entfernt steht eine dunkle Gestalt in einem Hauseingang. Kapuze auf dem Kopf, das Gesicht hinter einer Sonnenbrille verborgen. Er schaut hinüber zu dem Mann, der auf der anderen Straßenseite neben der Telefonzelle steht.

Alex geht die paar Schritte zur Flasche auf der Fahrbahn.

Die Gestalt schaut sich um, wähnt sich unbeobachtet und hebt den Arm. In der Hand eine Pistole.

Alex bückt sich.

Die Gestalt zielt auf den Mann an der Telefonzelle.

Alex nimmt die Flasche.

Die Gestalt hat den Finger am Abzug.

Alex richtet sich auf.

Die Gestalt drückt ab.

Alex fällt.

Die Gestalt wie erstarrt.

Offener Mund.

Verschwindet im Hauseingang.

*

Toni hört das Freizeichen. Ihr Herz klopft bis zum Hals. Dann ein Knall. Leute schreien, manche laufen panisch weg, ihr Vater steht da und starrt auf die Straße, auf der ein Mann liegt. Sie lässt den Hörer fallen und stürzt aus der Zelle.

»Was is mit dem? Was is passiert?!«

Ihr Vater antwortet nicht. Er starrt nur.

»Papa?!«

»Das sollte mich treffen«, sagt er tonlos.

»Hä? Was meinst du?!«

Keine Reaktion.

»Wir müssen was machen, Krankenwagen rufen oder so.«

Nichts. Ihr Vater eine Salzsäule.

*

Alex liegt auf der Straße. Ein dumpfer Schmerz am Kopf. Ich bin hingefallen, denkt er. Warum bin ich hingefallen. Er will sich bewegen, doch es geht nicht. Im Nacken spürt er feuchte Wärme, metallischer Geschmack im Mund. Blut, denkt er.

*

Toni läuft zu dem Mann. Am Straßenrand stehen jetzt Leute, die das Geschehen mehr fasziniert, als dass sie Angst hätten, es könnten weitere Schüsse fallen. Möglicherweise hätte sich Toni dazugestellt, doch das hier hat mit ihrem Vater zu tun. Der Mann hat mit ihrem Vater zu tun. Er liegt auf dem Rücken, unter seinem Kopf breitet sich eine Blutlache aus. Sie hockt sich neben ihn. »Hallo? Können Sie mich hören? Wir haben den Krankenwagen gerufen, der kommt gleich.« Alex öffnet die Augen. »Ich bin gefallen«, sagt er. »Ich muss gestolpert sein, als ich die Flasche … der Fahrradfahrer —«

»Welcher Fahrradfahrer? Hier is kein Fahrradfahrer. Da war jemand, der hat geschossen.«

»Geschossen«, wiederholt Alex leise. »Auf mich.«

»Nein«, Tonis Vater hockt sich neben sie. »Auf mich, aber Sie hat er getroffen. Sie müssen ihm irgendwie in die Quere gekommen sein. Es ist meine Schuld.«

Das sind die beiden von vorhin, denkt Alex. Das Mädchen, das den Zug nicht geschafft hat.

»Ich hab Sie gesehen«, sagt er leise. »Sie haben den Zug verpasst. Ich hab Sie gesehen.«

»Echt? Stimmt. Is ja verrückt.«

Alex schließt die Augen, alles wird ganz weich jetzt, der dumpfe Schmerz ist weg. Alles wird gut. »Glauben Sie an Paralleluniversen?«, flüstert er.

»Sie haben vielleicht Probleme«, sagt Toni. »Und Sie quatschen zu viel.«

Ihr Vater starrt auf die größer werdende Blutlache, seine Augen füllen sich mit Tränen. »Es ist alles meine Schuld«, presst er leise hervor.

»Papa, hör auf. Es is nich deine Schuld. Falsche Zeit, falscher Ort. Du hast Glück gehabt und er nich. Zufall.«

Alex öffnet die Augen und schaut Toni an.

»Zufall«, sagt er schwach. »Keine Schuld.«

Er hört die Sirenen des Rettungswagens. Zu spät, denkt er. Dann denkt er nichts mehr.

*

Die Rettungssanitäter legen Alex auf eine Trage und schieben ihn in den Wagen, der mit Blaulicht davonfährt. Die Flasche, denkt Toni. Sie haben seine Flasche vergessen. Unbemerkt von der Polizei, die damit beschäftigt ist, die Leute zurückzudrängen und die Straße abzusperren, hebt sie die Flasche auf. Ein Beamter spricht mit ihrem Vater, der mit bleichem Gesicht antwortet. Sie will nicht hören, was er sagt. Sie will nichts hören. Sie will weg. Sie geht die Straßen entlang wie in Trance. Hat sich die Zeit eben noch ausgedehnt, schrumpft sie jetzt seltsam zusammen. Plötzlich fällt ihr das Telefon ein. Sie hatte die Nummer von Wunderlich gewählt. Ob er rangegangen ist? Vielleicht hat er alles mit angehört, dann ist das, was ihr gerade passiert ist, auch ihm passiert. Irgendwie. Nur dass er eben nicht wusste, dass es ihretwegen war. Meinetwegen, denkt Toni. Es ist meinetwegen. Und auch wieder nicht. Zufall, denkt sie.

Und dann sieht sie den Fluss. Er ist nicht sehr breit und fließt ruhig dahin. Kaum Leute unterwegs, nur ein Pärchen, das Arm in Arm am Ufer spaziert. Und ein Fahrradfahrer in einer Felljacke. Den kenne ich, denkt sie, schaut ihm nach und übersieht die kleine Stufe, die zum Uferweg führt. Sie stolpert und lässt die Flasche fallen, die auf dem Pflaster zerspringt. Das Papier darin entrollt sich, und noch bevor sie es zu fassen bekommt, trägt es ein Windstoß hinaus auf den Fluss.

*

Das ist das Ende. Vierundzwanzig Stunden sind um. Vielleicht wäre noch interessant zu erfahren, was es mit dem Attentäter auf sich hat. Tonis Vater weiß es, doch er wird nichts sagen, steckt zu tief drin in der Sache. Aber das ist eine andere Geschichte. Und überhaupt, wie sagte schon ein weiser Mann: »Alles in der Welt endet durch Zufall und Ermüdung.« Das ist in den echten Geschichten genauso wie in den erfundenen. Und die hier war eine echte erfundene.

Raymond Carver
Beginners
Uncut – Die Originalfassung
Aus dem Amerikanischen von Manfred Allié,
Gabriele Kempf-Allié und Antje Rávic Strubel
Band 90575

»Wenn das Buch herauskommt und ich (…)
das Gefühl habe, dass ich zu viele Zugeständnisse gemacht
habe, (…) dann kann ich mir selbst nicht in die Augen
schauen und vielleicht nie wieder schreiben…«
Raymond Carver an seinen Lektor Gordon Lish

Raymond Carver ist vielleicht der berühmteste Autor amerikanischer Short Stories im 20. Jahrhundert – bekannt geworden vor allem durch sein Buch ›Wovon wir reden, wenn wir
von Liebe reden‹. Dieses wurde jedoch in einer Version veröffentlicht, in der sein Lektor teilweise extreme Eingriffe vorgenommen hatte. Die Originalversion von Carvers Stories
wird nun zum ersten Mal auf Deutsch publiziert: eine Weltsensation.

Das gesamte Programm gibt es unter
www.fischerverlage.de

Marion Brasch
Ab jetzt ist Ruhe
Roman meiner fabelhaften Familie
Band 19196

Marion Braschs unwiderstehlicher Roman erzählt die Geschichte ihrer außergewöhnlichen Familie. Der Vater war
stellvertretender Kulturminister der DDR, die drei Brüder,
darunter Thomas Brasch, wurden als Schriftsteller, Drama-
tiker und Schauspieler bekannt. Mit überraschender Leich-
tigkeit erzählt die »kleine Schwester« die dramatischen
Ereignisse ihrer Familie – Erfolg, Revolte, Verlust der drei
Brüder – und folgt ihrem Weg durch Abenteuer und Wirren
in die eigene Freiheit. Selten wurde eine Familiengeschichte
so persönlich und bewegend erzählt.

»Lakonisch und leicht erzählt Marion Brasch
von ihrem eigenen Weg in die Freiheit.«
Kristina Gründken, WDR 5

Das gesamte Programm finden Sie unter
www.fischerverlage.de

fi 19196 / 1